CONTENTS ✦目次✦

大富豪と新米シェフの幸せ恋旅

✦カバーデザイン＝久保宏夏（omochi design）
✦ブックデザイン＝まるか工房

イラスト・陵クミコ✦

大富豪と新米シェフの幸せ恋旅行

第一章

仕事を終えて更衣室で着替えをすませた神坂《かみさか》柊哉《しゅうや》は、ロッカーの扉裏にある鏡を見つつ、手ぐしで髪を整えていた。

細身にスカイブルーのシンプルな長袖シャツと、ベージュのコットンパンツを纏《まと》い、素足にスリッポンを履いた姿は二十《はたち》歳そこそこに見える。

けれど、実年齢は二十五歳。都内の一等地にある老舗《しにせ》ホテルの調理場で働く料理人だ。

高校を卒業してから働き始めてかれこれ八年になり、見習いを卒業して盛り付けを任されている。

「神坂と一緒に働けるのも今月いっぱいかぁ……」

背後から聞こえた声に、柊哉は真顔で振り返った。

「僕がいないと寂しいですか？」

「まあ、寂しいと言えば寂しいさ」

「僕もですよ」

職場の三年先輩にあたる富坂悟《とみさかさとる》を真《ま》っ直《す》ぐに見つめ、柔らかに微笑《ほほえ》んだ。

富坂は入社当初からなにかと面倒を見てくれたよき先輩であり、相談者でもある。

彼の夢は、ホテルのメインダイニングの料理長になることだ。

いっぽう柊哉は、いつか小さなビストロを開きたいという夢を抱いている。

壮大な夢と、ささやかな夢。

互いの夢に大きな差はあるけれど、初対面のときから気が合い、ともに料理の腕を磨いてきた同志でもあるのだ。

「で、修業先の目処《めど》はついたのか？」

「やっぱり、向こうに行ってから決めようと思ってて……」

神妙な面持《おもも》ちで訊《たず》ねてきた富坂に、軽く肩をすくめて見せた。

柊哉は長らく働いてきたホテルを半月後に辞める。

夢を実現させるためフランスに渡り、本場で修業をすることに決めたのだ。

渡仏は料理の世界に足を踏み入れたときから計画していたことであり、そのための費用を蓄えるために必死で働き、節約し、そしてフランス語の習得に力を入れてきた。

ただ、渡仏してからについては、いまのところなにも決めていない。

安いアパルトマンで暮らしながら、フランスの主要都市にあるレストランやビストロを食べ歩き、自ら納得できる修業先を探すつもりでいるのだ。

「そんなことで本当に大丈夫なのか？」

「パリに行ったことがないし、しばらくは観光気分でいいかなと思っているんです」

「ホントになにも決めてないなら、シェフとして働きながらフランスに行くっていうのはどうだ？」

「なんですかそれ？」

にわかには理解しがたい提案に、柊哉は訝《いぶか》しげに富坂を見返す。

「船旅をしているフランス人が専属のシェフを探しているらしくて、知り合いから声をかけられてさ」

「船旅で専属シェフ？」

ロッカーに寄りかかった彼を、解せない顔つきのまま見つめた。

「なんか豪華客船を持ってる大富豪らしくて、いままでいた専属シェフに逃げられたから急いで代わりを探しているって話」

「でも、声をかけられたのは富坂さんなんですよね？」

柊哉は首を傾《かし》げる。

だいたいのことは理解できた。

けれど、なぜ自分に専属シェフの仕事を勧めてくるのか理由がわからない。

「そうだけど、俺はここを辞める気がないから断ったら、それなら腕のいい料理人を紹介してくれって頼まれちゃったんだよ」

富坂が困ったように苦笑いを浮かべる。

「その大富豪はまだ船旅の途中らしいけど、最終的にはフランスに戻ることが決まっているんだって。給料がもらえて、そのうえフランスまで連れて行ってもらえるんだから、神坂に打って付けの仕事だと思わないか？」

「船旅……」

どうだと言いたげに顔をのぞき込んできた富坂を、神妙な面持ちで見返す。

他では考えられないくらいの好条件といえるだろう。

ホテルを辞めて渡仏する以外は、なにも決まっていない状態に近い。

フランスに到着するまで、長い日を要しても問題ない。

時間ならたっぷりある。

なにより、専属シェフとして雇ってもらえれば、報酬が得られるのが魅力的だ。

節約してきたとはいっても、蓄えには限りがあるが、貯金が増えるのはありがたい。

この機会を逃す手はないだろう。

「あの……」

「会ってみるか？」

富坂がにやっと笑う。

柊哉の顔つきを見て、興味を示したとわかったようだ。

「今、連絡先がわかるんですか？」

「ああ」

もちろんとうなずいた彼が、自分のロッカーに向かう。

「ありがとうございます」

「ちょっと呑《の》んでいくか？」

「いいですね」

誘いを受けた柊哉は、ロッカーからショルダーバッグを取り出して扉を閉め、富坂と更衣室をあとにする。

「これ持ってって」

富坂が名刺を渡してきた。

フランス語の名前の下に、連絡先が記されている。

豪華客船の持ち主の名刺だろうか。

「もらっちゃっていいんですか？」

「ああ、俺は必要ないからさ」

「では、ありがたく頂戴《ちょうだい》します」

「知り合いには俺から連絡を入れて話をつけておくから、神坂は明日にでもそこに電話してみて」

「はい。よろしくお願いします」

柊哉はショルダーバッグから財布を取り出し、もらった名刺をたいせつにしまう。

まだ富坂から、仕事を紹介されたにすぎない。

専属シェフとして働けるかどうかもわからない。

それなのに、なにかが起こりそうな気がしてならなかった。

(フランス人専属のシェフかぁ……)

柊哉はホテルの調理場で、一からフランス料理を学んだ。

もちろん、自分でも勉強や練習を重ねてきた。

ホテルで半年後に行われる昇格試験に合格すれば、調理を担当できるようになる。

けれど、試験を受けてキャリアアップするのではなく、フランスに渡ってさらに修業を積むことに決めた。

フランスの家庭料理を提供するビストロを開くことが夢であり、それを実現させるにはホテルで働いていたのではダメだと考えたからだ。

フランスに到着するまでのあいだ、フランス人に自分が作った料理を食べてもらうことができる。

大富豪というからには、食に通じていることだろう。

そんな人物に料理の腕を認めてもらえたら、フランスに到着してから始まる修業の励みになる。

（なんか楽しみ……）

まだ雇ってもらえると決まったわけでもないのに、すでにその気になっている柊哉はウキウキとした気分で富坂と廊下を歩いていた。

第二章

豪華客船を所有しているフランス人と会う約束を取り付けた柊哉は、横浜港に近いホテルのラウンジを目指している。

久しぶりの面接ということもあり、念のためスーツにネクタイを締め、革の鞄《かばん》を携えてきた。

鞄は普段使いしているものだが、スーツは滅多に着ることがない。

いつもラフな格好ばかりだからネクタイがことさら窮屈に感じる。

とはいえ、これ以上ない好条件の仕事を得るためならば、多少の窮屈さも我慢できた。

「リシャール・バルビエ……」

ホテルに到着したところで、富坂からもらった名刺を改めて確認する。

大富豪といわれても、どういった人物なのかまったく想像ができない。

電話で話をしたときには、年齢の判断がつかなかった。

「祖父《じい》ちゃんくらいの歳《とし》かなぁ……」

豪華客船で優雅に船旅をしているのだから、ある程度は年齢がいっていると思われる。

高齢者と接する機会が少ない柊哉は、にわかに緊張し始めた。

ホテルのロビーに入り、ラウンジの入り口を探す。

老舗のホテルで長年にわたって働いてきたとはいえ、正面から建物に入ることなど皆無だから、緊張感が増していった。

「グレーのスーツに、ライトグリーンのスカーフって言ってたよな……」

ラウンジの入り口に立つフロアマネージャーに待ち合わせであることを伝え、リシャール本人から伝えられた服装を思い出しつつ目を凝らす。

平日の昼ということもあり、ラウンジはさほど混雑していない。

ほどなく、伝えられたとおりの服装をした外国人が目にとまった。

「えっ？　嘘……」

呆気《あっけ》にとられ、思わず立ち止まる。

窓際の席に座るその男性は、予想とはまったく違っていた。

どう見ても三十代半ばといったところだ。

たまたま同じ服装の外国人がいた可能性もあり、改めてラウンジを見回してみた。

「やっぱりあの人か……」

他に該当する外国人がいないことがわかり、柊哉は窓際の席へと歩みを進める。

「失礼ですが、リシャール・バルビエさんでしょうか？」

フランス語で話しかけると、こちらに顔を向けてきたリシャールが眉根を寄せた。

「シュウヤ・カミサカ？」

かなり険しい顔つきで、まじまじと見つめてくる。

薄茶色の瞳には、すごい力強さがあった。

強烈な視線に怯《ひる》んでしまうほどだ。

まるで睨《にら》みつけているかのよう。

なにか気に入らないことでもあるのだろうか。

「私が必要としているのは腕のいいシェフであって、学校を出たばかりの見習いではないのだが？」

彼がさも不満そうに、形のよい眉を引き上げる。

スーツを着てネクタイを締めていても、実際の年齢よりはるかに若く見えたのか。

腕のいいシェフというのが条件だったから、彼にしてみれば期待外れだったのかもしれない。

「これではまるで詐欺《さぎ》だな」

騙《だま》されたと言わんばかりの顔で、わざとらしい大きなため息をもらす。

電話をしたときに、年齢を伝えておけばよかったと、いまさらながらに悔やむ。

と同時に、見た目で判断されたことに腹が立った。

「僕は二十五歳です。学校を出たばかりではありません」

柊哉はきっぱりと言い放ち、鞄からクリアファイルを取り出す。

強い口調に、彼が眉をひそめる。

「初めまして、先日、電話でお話をさせていただいたシュウヤ・カミサカです。こちらが経歴書になります」

きちんと自己紹介をしてから、手書きの経歴書をテーブルに置いた。

さらにリシャールを真っ直ぐに見据える。

仕事が休みの日にわざわざ足を運んできたのに、このまま追い返されたのではたまらない。

「座って」

クリアファイルを手にしたリシャールから素っ気なく向かいの席を勧められ、柊哉は一礼して椅子《いす》に座る。

意気込みが通じたのだろうか。

彼がファイルから経歴書を取り出す。

見惚《みと》れるほどの美男子で、上等なスーツを纏った姿は映画俳優のようでもあるが、第一印象はあまりよくない。

「失礼いたします」

ウェイターがテーブルに水のグラスを置く。

「好きなものを頼め」

視線を落としたままリシャールに言われ、柊哉はコーヒーを注文した。

もっと他に言いようがあるだろうに。

本当に感じの悪い男だ。

「ホテルの従業員ですから一流のシェフとは言えませんが、料理の腕には自信があります」

柊哉が自らアピールすると、経歴書に目を通していた彼が視線を向けてきた。

どこか小馬鹿にしたような顔つきに、少なからず腹立ちを覚える。

彼を見返してやりたい思いに駆られた。

「たいした自信だな？」

「自信がなければ、あなたに会いに来ていません」

彼の挑発的な口調に、自然と喧嘩腰《けんかごし》になってしまう。

本当なら態度を改めるべきなのだろうが、とにかく彼には負けたくないといった気持ちが勝《まさ》っていた。

「ならば、まずは味見をさせてもらおうか」

「味見？」

「料理の腕前を確かめずに雇うわけにはいかないからな。私と一緒に来てくれ」

経歴書を折りたたんで上着の内ポケットにしまい、クリアファイルを柊哉に返してきたリシャールが、さっさと席を立つ。

まだ注文したコーヒーが届いていない。

どうしても飲みたいわけではないけれど、あまりにも自分勝手な彼に呆《あき》れ返る。

「どこへ行くんですか？」

「船の厨房で腕を振るってくれ」

「これから？」

「ああ、そうだ」

当然だと言わんばかりに、彼が大きくうなずく。

「わかりました」

すぐさま席を立ち、クリアファイルを鞄にしまいつつリシャールのあとを追う。

腕前を試したいというのであれば、受けて立つだけのこと。

料理の味で彼を唸《うな》らせたい。

これまでにないほど、柊哉はやる気モードになっていた。

＊＊＊＊＊

リシャールに促されるままタクシーに乗り、柊哉は豪華客船が停泊している埠頭《ふとう》までやってきた。

「あれが私のヨットだ」

タクシーから降りるなり彼が前方を指さす。

視線を向けた先には、巨大な豪華客船が横付けされているだけだ。

他にヨットも所有しているのだろうかと目を凝らしたが、それらしき姿はなかった。

「どこにヨットが?」

解せない思いで、首を傾げる。

「目の前にあるのがヨットだ。外観は客船のようであっても客船ではないからな。個人が所有する船はみなヨットだ」

「そうなんですね、知りませんでした」

船のことに詳しくない柊哉は、なるほどとうなずくばかりだ。

とはいえ、目の前の船をヨットと呼ぶには抵抗がある。

なんと言われようと、豪華客船にしか見えないからだ。

「あれで世界旅行をしているんですか?」

「ただ船旅を楽しんでいるわけではなく、ヨットで仕事もしている」

素朴な疑問にも、嫌な顔をすることなく彼は答えてくれた。

ホテルのラウンジで話をしたときは、かなりいけ好かない感じだった。

けれど、タクシーに乗ってからの彼は口調も穏やかで、和やかに会話ができた。

互いに第一印象が悪かっただけなのかもしれない。

打ち解けるほど言葉を交わしたわけではないけれど、苛立《いらだ》ちはすっかり収まっていた。

「そうだったんですね」

大富豪は遊んで暮らしているものだと勝手に思い込んでいたから、仕事をしていると聞いてつい感心してしまった。

「さあ、行こう」

肩に手を置いてきた彼に言われ、ヨットへと足を向ける。

急に鼓動が激しくなってきた。

彼の手が肩に置かれているからなのか。

それとも、初めて乗る豪華な船に興奮しているからなのか。

自分でもよくわからないけれど、ひたすら胸がドキドキしていた。

船の近くまで来ると、制服を着た日本人男性がいた。

「パスポートを拝見します」

柊哉はなぜと思いつつも、用意してきたパスポートを制服姿の男性に差し出す。

「港に停泊中であっても外国船の船内は外国となるんだ。乗り降りするたびにパスポートのチェックが必要になる」

「そうなんですね」

説明してくれたリシャールを、納得した顔で見返した。

ホテルで会う約束を取り付けたとき、彼からパスポートを持参するようにと言われ、訝しく思っていた。

けれど、彼ははじめから面接する料理人の腕を試すつもりでいたようだ。

「ありがとうございました」

一礼した男性が返してきたパスポートを、柊哉は軽く会釈して受け取る。

船のすぐそばで個人的に税関手続きをしてもらうのは、なんとも奇妙な感じがした。

「さあ、いくぞ」

「は、はい……」

リシャールに肩を叩かれ、柊哉ははっと我に返って歩みを進める。

肩に置かれたままの彼の手が気になり、乗船しても心ここにあらずといった感じだ。

船内を見回す余裕もなく、どこをどう歩いてきたのかすら覚えていなかった。

「ここが厨房だ。食材は好きに使ってかまわない。前菜とメインを作ってくれ」

気がつけば厨房の中にいた。

働いていたホテルの調理場とは比べものにならないほど狭い。

けれど、設備は本格的なものが揃《そろ》っていて、ここで料理を作るのだと思ったら、急に気持ちが落ち着いてきた。

「わかりました」

「時間はどれくらい必要だ？」

「一時間」

「では、一時間後に」

短く言葉を交わした彼は、厨房の中を説明するでもなく姿を消してしまった。

「さてと……」

柊哉は提げていた革の鞄を調理の邪魔にならない場所に置き、脱いだ上着を軽く畳んで重ねる。

「なにを作ろうか……」

ワイシャツの袖をまくり上げながら、冷蔵庫と思われる扉を開けた。

「冷凍庫か……」

中には様々な食材がぎっしりと詰め込まれている。

「こっちも冷凍庫……」

肉、魚、野菜までもが冷凍されていた。

陸地とは異なり、海上では新鮮な野菜を日々、仕入れることはできない。

そのため、冷凍しているのだろうと容易に想像できた。

「こんなにあると迷う……」

作りたい料理は数あれど、使える時間は限られている。

たった一時間で、手の込んだ料理を作るのは無理だ。

そればかりか、食材を解凍する余裕もない。

「うーん……」

どうしたものかと腕組みをして考える。

リシャールをあまり待たせてはいけないと思い、一時間と答えてしまったことを、いまさらながらに悔やむ。

「あっ、そうか……」

ふと思いついた柊哉は、冷凍庫の扉を閉めて冷蔵庫を探す。

いままで勤めていた専属シェフが、いつ辞めたのか知らないけれど、船内で生活しているのだから、すぐに使える食材が冷蔵庫に入っている気がしたのだ。

「ここか……」

思ったとおり冷蔵庫には、鴨肉《かもにく》と鯛《たい》の切り身、それに何種類かの野菜とハーブが入っていた。

「前菜は鯛のタルタル、メインはシンプルにステーキだな」

仕込みが必要な料理が作れないことくらい、リシャールも承知しているはずだ。

要は彼が納得する料理を作ればいいだけのこと。

メニューが決まったところでオーブンに火を入れ、さっそく調理に取りかかる。

「それにしても、前のシェフって、どうして急に辞めちゃったんだろう」

調理器具を探しながら、柊哉はひとりつぶやく。

船旅の途中で仕事を放棄するなど、よほどのことがあったとしか思えない。

「同じ船にあの人とずっと一緒に乗ってたら嫌になっちゃったとか？」

ふと、リシャールが脳裏をよぎる。

「けっこう厳しそうだからあり得るし……」

最悪な第一印象が覆《くつがえ》ったとはいえ、それは多少のことでしかなく、リシャールに関しては知らないことばかりだ。

厳しい口調であれこれ言われたら、めげてしまうかもしれない。

「フランスに戻るのは早くて三ヶ月後……そんなに長く一緒にいられるかなぁ……」

タクシーに乗っているあいだ、彼が簡単に航路を説明してくれた。

気ままな船旅であり、綿密なスケジュールがあるわけではないらしい。

いまのところは、三ヶ月後にフランスに戻るつもりだが、もっと先になる可能性もあるとのことだった。

専属シェフとして働きたい思いはあるが、長期にわたって限られた空間で過ごすことに不安を感じてしまう。

「まあ、まだ採用されたわけじゃないし、とにかく料理を仕上げないと」

調理器具が揃ったところで気持ちを切り替え、前菜から取りかかる。

鯛と野菜、ハーブを細かく刻み、ボウルに入れて冷やしておく。

次に鴨肉の皮目にナイフで切れ目を入れ、塩と胡椒《こしょう》を振る。

温めたフライパンで皮目からこんがりと焼き、裏面に軽く火が通ったところで余分な脂を捨ててフライパンごとオーブンに入れた。

焼き上がるまでのあいだに、鴨肉に合わせるソースを作る。

赤ワインとカシスのピューレを使ったコクのあるソースだ。

静まりかえった厨房で、黙々と調理を進めていく。

ホテルの調理場は、忙しくなると戦場のようになった。

常に大きな声が飛び交い、料理人が行ったり来たりする。

日々、慌ただしさの中で仕事をしてきたから、誰もいない厨房を新鮮に感じた。

「はぁ……」

鯛のタルタルが完成したところで、柊哉は大きく息を吐き出す。

「できた……」

料理を見つめつつ、無意識に肩を回して筋肉を緩めた。

ホテルの調理場で気を抜いたことなど一度もないけれど、こんなにも集中したことがあっただろうかと思うほど根を詰めていたようだ。

「料理はできたか?」

突如、厨房に響いた声に、柊哉はハッと我に返る。

声の主はリシャール。

どうやら制限時間を使い切ったようだ。

「はい。でも……」

返事をしたものの、リシャールの隣にいる女性を見て困惑した。

「二人分とは伺っていなかったので……」

一人前しか用意していないから、にわかに慌てる。

「味見なのだからかまわない。さあ、マリー」

「ええ」

マリーと呼ばれた女性がうなずくと、リシャールは彼女の腰に手を添えて厨房に入ってきた。

タイトな赤いワンピースに身を包み、長いブロンドを後ろでひとつに束ねている。

たいそうな美人だ。

(奥さんがいたんだ。お似合いの夫婦だなぁ……)

絵に描いたような美男美女のカップルだ。

専属シェフというから、リシャールのためだけに料理をするのかと思っていたが、仕事が決まれば二人分を作ることになるということか。

夫婦が揃って味に満足してくれなければ、採用は見込めない。

リシャールのことしか考えていなかった柊哉は、急に緊張し始めた。

「あの……ここで召し上がるんですか？」

「味見なのだからここで充分だ。ナイフとフォークを用意してくれないか」

「はい、すみません……」

慌ただしくカトラリーを収めた引き出しに向かい、二人分のナイフとフォークを彼らのもとに運ぶ。

食器を探しているときに、カトラリー用の引き出しがあることに気づいて助かった。

ナイフとフォークを手にした二人が、料理を食べ始める。

（どうなの？　美味《おい》しいの？）

彼らを見ている柊哉は気が気ではない。

丁寧に半分に分けるでもなく、二人とも好きなように食べていた。

（黙って食べてないで、なにか言ってくれればいいのに……）

彼らはときおり顔を見合わせるものの、ひと言も発しない。

（美味しくないのかなぁ……）

表情もさほど変わらず、味に満足しているのかどうかがわからなかった。

ほどなくして食べ終えたけれど、相変わらず無言だ。

結果発表を待たされるのは心臓に悪い。

「あの……僕の料理はお口に合いましたでしょうか？」

自ら訊ねた柊哉は、神妙な面持ちでリシャールとマリーを見つめる。

「いつから乗船できるのだ？」

「えっ？　あの……」

「そろそろ日本を出たいのだが、いつからここで仕事を始められる？」

リシャールの言い方からすると合格したようだが、はっきり言葉にしてくれないから不安が募った。

「あの……採用していただけるのですか？」

「だからいつからと訊《き》いている」

「あ……ありがとうございます」

なにを言っているのだと笑った彼に、安堵《あんど》の笑みを浮かべて深く頭を下げる。

ホテルの就職試験を受けたときより、よほど緊張したかもしれない。

心底、胸をなで下ろす。

「契約のお話なら、向こうでなさったらいかが？」

「ああ、そうだな」

マリーの提案を受けたリシャールが軽くうなずき、柊哉に顔を向けてくる。

「荷物を持って私と一緒にきてくれ」

「はい」

柊哉は上着と革の鞄を脇に抱え、厨房を出て行くリシャールを追いかけた。

そういえば、勤務時間や報酬に関しては、まだなにも聞いていない。

仕事をしながらフランスに行けるだけで充分だから、あまり深く考えていなかったのだ。

とはいえ、雇う側としてはきちんと煮詰めておきたいところだろう。

（よかったぁ……）

リシャールが出す条件に難癖《なんくせ》をつけるつもりなど毛頭ない柊哉は、仕事が決まった嬉《うれ》しさをただ噛《か》みしめていた。

第三章

リシャールの専属シェフとして働くことになってから、慌ただしい日々を過ごしてきた。

ホテルで仕事をしながら、船旅をするための荷造りや手続きを急いでしなければならず、これまでにない忙しさを味わうことになった。

長年にわたって一緒に働いてきた上司や仲間たちが送別会を開いてくれ、しっかりと別れを告げることができ、悔いなく職場を去ることができた。

出港の日が迫るほどに、フランスに向けて旅立つわくわく感が強まっていった。

豪華なヨットで他国を巡りながらフランスに向かうのだから、期待度は高まるばかりだ。

予想外の展開だっただけに、本当に忙《せわ》しなくて大変ではあったけれど、これまでになく充実していて楽しい時間でもあった。

すべての手はずを整えて横浜へとやってきた柊哉は、大きなキャンバス地のショルダーバッグを肩から提げ、ひとりリシャールの船に向かう。

「なんか、まだ信じられない……」

これからヨットで旅をするという実感が湧いてこない。

なにより、リシャールの専属シェフとなり、彼のために料理を作る自分が思い描けないでいた。

「時間どおりだな」

タラップの下でリシャールが待っていてくれた。

ゆったりとしたシャツに、細身のパンツを合わせた軽装だ。

容姿端麗だからスーツ姿はもちろん格好いいが、ラフであってもその魅力は変わらない。

丁寧に整えられた柔らかな髪。

首元を彩るスカーフ。

磨き抜かれた革靴。

まさに一分の隙もなく完璧《かんぺき》だ。

彼の隣に制服を着た日本人男性がいる。

「パスポートと書類を拝見します」

出国手続きをしてくれる係官だ。

「はい」

柊哉は用意してきたパスポートと書類を係官に差し出す。

「よい旅を」

「ありがとうございます」

係官がにこやかに差し出したパスポートを、礼を言って受け取る。

「では、これで」

「ご苦労様」

リシャールが労《ねぎら》いの言葉をかけると、係官は一礼してその場をあとにした。

「さあ、行こう」

声をかけてきたリシャールが、先にタラップを上がっていく。

これから彼と上手《うま》くやっていけるのだろうか。

そんな不安が脳裏をよぎる。

けれど、もう後戻りはできないのだ。

「よろしくお願いします」

自らに強く言い聞かせた柊哉は、急ぎ足で彼を追った。

「まず、君の部屋に案内しよう」

「はい」

乗船するなり言われ、素直に彼に従う。

無駄な会話を好まないのか、もしくは少しせっかちなところがあるのか。

なんにせよ、慌ただしい。

ショルダーバッグを担ぎ直し、彼に置いていかれないよう急ぐ。

長い旅に必要な荷物は、彼の指示で先に船宛てに送ってある。

これから使う部屋に運び込まれているのだろう。

（ホントにホテルみたい……）

柊哉は歩きながら、船内のあちらこちらに目を向ける。

腕試しのため船内に足を踏み入れたときは、緊張していたこともあって、あたりを観察する余裕もなかった。

改めて見てみると、およそ船の中とは思えない豪華さに驚かされる。

調度品はすべてが品良く、まるでヨーロッパの王族が暮らす屋敷の中にいるようだ。

これが、個人が所有する船だということが、どうにも信じられない。

「ここが君の部屋だ」

足を止めたリシャールが、ドアを開けてくれる。

「クローゼットに制服を用意してある。洗濯をするときはスタッフ用のクリーニングルームがあるから、そこを使ってくれ」

説明しながら部屋に入った彼の後ろから、柊哉は遠慮がちに中を覗《のぞ》き込む。

「なにをしている？」

「あっ、いえ……」

振り返った彼に眉根を寄せられ、苦笑いを浮かべつつ部屋に入った。

（えっ？　ここが従業員の部屋？）

驚きに目を瞠《みは》る。

部屋は想像以上に広く、手前にソファセットがあり、奥にセミダブルのベッドが置かれていた。

毛足の長い絨毯《じゅうたん》、重厚感のあるカーテン、ソファの脇には洒落《しゃれ》たフロアライト、壁には落ち着いた印象の風景画が飾られている。

広さといい、凝った調度品といい、まるでホテルのスイートルームだ。

先に送っておいた荷物は、部屋の片隅にきちんと積まれていた。

荷物を片づけたら、この部屋での生活を始めるのだ。

狭い寮の部屋で長いあいだ暮らしてきたから、これからここで何ヶ月も過ごすのかと思うと戸惑ってしまう。

「今からならディナーの準備は間に合いそうだな」

「時間は充分にありますので大丈夫です」

「では、今夜は三人分のディナーを頼む。そうそう、厨房はこのすぐ下にあり、どの階段を使っても行くことができる」

「わかりました」

しっかりとうなずき返すと、リシャールが満足そうな笑みを浮かべて部屋をあとにする。

静かにドアが閉まり、ひとりになった柊哉はその場に佇《たたず》んだまま、贅沢《ぜいたく》な部屋をひとしきり眺めた。

「そういえば、制服とか言ってたっけ……」

肩にかけていたショルダーバッグをソファに下ろし、クローゼットに歩み寄る。

金色の取っ手を摑《つか》んで扉を大きく開くと、純白のコックコートがハンガーにかけられていた。

「三着も……あっ……」

一着を手に取った柊哉は、胸に金糸で刺繡《ししゅう》されている自分の名前に気がつき、おおいに感動を覚える。

「シェフになったんだぁ……」

胸の刺繡は一人前の料理人と認められた証《あか》しだ。

ホテルの調理場でシェフと呼ばれるのは、最高位の料理長のみだ。

料理長に続く副シェフ、部門シェフ、部門准シェフなどは、けっして「シェフ」と呼ばれることはない。

けれど、それは大きなホテルの調理場のルールであり、独り立ちすれば「シェフ」になれるのだ。

料理人を目指し精進してきた柊哉にとって、「シェフ」は憧れであり、その響きには格別なものがあった。

「格好いいな、これ」

さっそくコックコートに着替える。

スタンドカラーは高めで、ボタンが二列に並んだダブル仕立てだ。

長い袖の先は折り返されていて、少しだけ気取った感じがした。

ズボンもエプロンもすべてが純白。

だからこそ、胸に施された金糸の刺繍がより輝いて見えた。

「いい感じ……」

鏡に映した自分の姿に、つい頬《ほお》が緩む。

リシャールと交わした契約は、疑ってしまうほどの好条件だった。

まず、給料はこれまでの倍額だ。

料理をするのは、昼食を兼ねた朝食とフルコースのディナーのみ。

朝食は一人分だが、ディナーはその日によって人数が変わるらしく、リシャールから午前中に伝えられることになっている。

朝食も午前十時と遅めで、通勤時間がないに等しいから、余裕を持って調理できそうだ。

給仕係はとくにおらず、専属シェフの担当となる。

給仕の経験はないが、ホテルで働いているときに講習を受けたことがあった。

なにより、自分の店を持ったときに、ここでの経験が役に立つと思えば苦でもない。

仕事以外の時間は自由に使える。

陸地と違って、航行中はどこかに出かけることはできないが、そもそも遊び歩く習慣がないから、こちらも苦にはならなそうだ。

「初仕事が三人分のディナーかぁ……」

新たな制服を纏ったことで気持ちが引き締まった柊哉は、ソファに腰掛けてショルダーバッグから使い古したノートを取り出す。

ホテルの調理場で働き始めてから、勉強のためにレシピを書き留めてきた。

海外で出版された料理本のレシピを、自ら訳して書き移したものもある。

ホテルと同じ高級食材を使って料理を作ることなど、とうてい無理な話だ。

それでも覚えたい一心から、月に一度だけ奮発して食材を揃え、技術を高める練習に勤《いそ》しんできた。

その日以外はノートを読むことを心がけてきたから、かなりの数のレシピが頭に入っている。

「そうか、先に食材を確認しないと……」

レシピに目を通していた柊哉はノートを手に立ち上がり、部屋をあとにした。

荷物の片づけなどいつでもできる。

まずは仕事だ。

「誰もいない……四十人のスタッフがいるって言ってたけど、どこにいるんだろう？」

スタッフらしき人物と遭遇することがなく、柊哉は首を傾げつつ廊下を進む。

「スタッフの食事って誰が作ってるのかな?」

あれこれ疑問が浮かんでくる。

乗船してからのリシャールは、誰かに紹介してくれる気配もなかった。

いくらなんでもそのうち誰かと出会うだろうが、ほったらかしにされているようで少し不安になる。

「やっぱり誰もいない……」

厨房はもぬけの殻だ。

デザート担当のパティシエがいると聞いていたが、それらしき人の姿はなかった。

これでは、なにかわからないことがあっても、誰にも訊くことができない。

不安ばかりが募るが、とにかく今はディナーのメニューを組み立てるのが先だ。

冷蔵庫、冷凍庫、缶詰や瓶詰のストック棚にある食材を丹念に確認していく。

これだけの食材を好き勝手に使えるのが、嬉しくてしかたない。

目の前にある数多《あまた》の食材を見ているだけで、不安が消えていく。

とはいえ、高級な食材を使ったからといって、美味《うま》い料理ができるとはかぎらない。

初仕事だから背伸びはせず、自信を持って提供できるメニューを考える。

「メインの肉と魚は選べたほうがいいよな……」

シンプルなフルコースだと、前菜、スープ、魚料理、口直し、肉料理、そして最後にデザートとコーヒーが出るのだが、柊哉が考えるのは肉料理までだ。

「メモ用紙を持ってくればよかった……」

ボールペンはノートに挟んであるが、メニューを書く紙がない。

ならばと、ノートの白紙ページを丁寧に破る。

前菜、スープ、口直しは一種類ずつ、魚と肉料理は三パターンの料理を考え、フランス語で書き記していく。

リシャールにも好みがあるだろう。

いくつかあるメニューから選べたほうがいいはずだ。

メニューを書いた紙を手に厨房を出た柊哉は、急ぎ足でリシャールの部屋に向かう。

「あっ……」

彼の部屋がどこにあるのか知らない。

相変わらず人の姿がなく、訊ねたくても訊ねられない。

ヨットの所有者なのだから、船内でも最もいい場所に部屋があるはず。

厨房に下りるときに使った階段は、自分の部屋があるフロアより上にも行けるようになっていた。

どんな建物でも高い場所のほうがいいに決まっている。

リシャールの部屋は最上階にあると確信した柊哉は、階段を駆け上がっていった。

「はぁ……」

踊り場でひと息つき、左右に目を向ける。

どちらも同じくらいの長さで、絨毯が敷き詰められた広い廊下が続いていた。

廊下の両側に部屋が設けられているようだ。

ひと部屋ずつ確認するしかなさそうだ。

どちらが先でもよかったのだが、なんとなく右側が気になって足を向けた。

漠然とながらも、船尾よりは船首に近いほうがいいような気がしたのだ。

「これじゃわからない……」

どのドアにも、なにひとつ表示がない。

勝手に開けるわけにもいかないから、お手上げ状態だ。

「あっ……」

諦《あきら》めて大声をあげようとしたとき、他よりも大きくて、さらには豪華な装飾が施されたドアに行き当たった。

同じドアが廊下を挟んで向かい合っている。

そして、このドアにはプレートが掲げられていた。

「船長……ということは……」

くるりと向きを変え、もうひとつのドアに掲げられたプレートを見る。

「リシャール・バルビエ……ここだ」

ようやく目当ての部屋にたどり着いた柊哉は、安堵の笑みを浮かべてドアをノックした。

『誰だ？』

「カミサカです」

『どうぞ』

「失礼します」

ドアを開けて中に入った柊哉を、窓際に置かれた大きなソファで寛《くつろ》いでいるリシャールが見上げてくる。

組んでいる足に分厚い本が載っていて、片手で閉じないように押さえていた。

どうやら読書中だったようだ。

「なんだ？」

素っ気ない口調。

読書の邪魔をしたからだろうか。

早めに切り上げたほうがよさそうだ。

「ディナーのメニューをお持ちしました」

一礼して歩み寄り、彼に紙を差し出す。

「三種類ありますので、選んでいただけますか」

「腕には自信があるのだろう？　メニューはシェフである君が決めるべきだ」

そう言い放った彼は、ちらりと目を通しただけのメニューを返してきた。

「ディナーの時間は厳守してくれ」

「はい……」

返す言葉もなくその場を離れる。

廊下に出てドアを閉めた柊哉は、きつく唇を嚙みしめながら階段に向かった。

よかれと思って三パターンのメニューを考えたのに、まるで余計なことをするなと言わんばかりに拒絶されれば腹も立つ。

「感じ悪っ」

むすっと吐き出し、階段を駆け下りていく。

第一印象が最悪だっただけで、それほど悪い男ではなさそうだと思っていたけれど、やはり最初の印象は間違っていなかった。

けれど、雇われている以上、従うしかない。

料理で鬱憤《うっぷん》を晴らすしかないのだ。

厨房に戻った柊哉は、時間がかかるフォン・ド・ヴォーとブイヨンの仕込みから始める。

どちらも様々な料理に使えるため、後々のことを考えて多めに作ることにした。

食材を調理台に並べていると、コックコートに身を包んだ男女が厨房に姿を現した。

乗船して初めて会ったスタッフだ。

ようやく会えたと思うと、なんだか嬉しい。

「こんにちは」

柊哉が声をかけると、二人はちょっと驚いたように顔を見合わせた。

「こんにちは、スタッフの食事を作っているジョルジュ・ブレだ」

「私は彼のアシスタント兼パティシエのニコル・コルトーよ」

打って変わって愛想のよい笑みを浮かべた二人が、調理台に歩み寄ってくる。

ジョルジュは三十歳くらいだろうか。

背が高く、愛嬌《あいきょう》のある顔をしている。

ニコルは同年代といったところか。

小柄で、可愛らしい顔立ちだ。

どちらからも、親しみやすさが感じられた。

「今日から専属シェフとして働くことになったシュウヤ・カミサカです。よろしくお願いします」

にこやかに自己紹介をし、軽く頭を下げる。

「まさかムッシュがアジア人のシェフを雇うとは思わなかったわ。シュウヤはどこの出身なの？」

ニコルが興味深げな視線を向けてきた。

西洋人にはアジア人の顔がみな同じに見えるというから、あえて出身を訊ねてきたのだろう。

どうやら、彼らには新しい専属シェフを雇ったということは伝わっているようだ。

先ほど驚いた顔をしたのは、雇われたのはフランス人のシェフだと決めてかかっていたからに違いない。

「生まれも育ちも日本ですよ」

「へぇ、それにしてはフランス語が上手いな」

ジョルジュが不思議そうな顔をする。

ほぼ独学でフランス語を覚えたから、褒められると素直に嬉しい。

「必死で勉強した甲斐《かい》がありました」

「シュウヤって十代に見えるけど、いくらなんでも違うわよね？」

ニコルの顔つきから、本当に判断がつかないでいるのだとわかる。

年齢に関しては慣れっこであり、馬鹿にしている様子がないから気にも障らない。

「二十五歳ですよ」

「やーだ、私と同い年じゃない。ホントにアジア人って若く見えるわね」

目を丸くしたニコルが、信じられないと言いたげに笑う。

彼女の可愛らしい笑顔を見て、気が合いそうな予感がした。

「俺はムッシュと同じ三十五歳」

ジョルジュとリシャールが同い年とは驚きだ。

顔立ちもあるだろうが、陽気そうなジョルジュのほうが遥《はる》かに若く見える。

「そうそう、ディナーのメニューは決まったかしら？」

「はい、これです」

なぜ知りたいのだろうかと思いつつ、メニューを書いた紙をニコルに渡す。

興味を示したジョルジュが、すぐさま横からニコルの手元を覗き込む。

「綺麗《きれい》な字を書くんだな」

「日本人って几帳面だっていうものね」

そんなことを口にしながら、二人がメニューを確認する。

「えーっと、このメニューなら濃厚なクレームブリュレがよさそうだわ」

「いつもメニューに合わせてデザートを作っているんですか？」

「そうよ、だからメニューが決まったら教えてほしいの」

「わかりました」

笑顔で答えた柊哉に、ニコルもまた笑顔でうなずいた。

「じゃ、俺たちも仕込みがあるからこれで」

ちょっと新入りを見に来ただけなのか、彼らはあっさり帰ろうとした。

けれど、柊哉はジョルジュの言葉に疑念を抱いた。

「他にも厨房があるんですか？」

「スタッフ専用の食堂があって、厨房はそっちにもある」

背を向けようとしていたジョルジュが、振り返って教えてくれた。

スタッフのための食堂が別にあること自体はさして驚きではない。

ただ、厨房まで別になっているなんて贅沢すぎる。

「三食ともバイキング形式だからけっこう大変なんだよ」

軽く笑ったジョルジュが、じゃあと手を振ってその場を立ち去る。

「あっ、ディナーのデザートを作るときは、ここを使うのでよろしくね」

「はい、こちらこそ」

「じゃ、また」

ニコルも時間に追われているのか、急ぎ足で厨房をあとにした。

「仲良くなれそうでよかった」

話をしながらスタッフ用の厨房に向かう彼らの後ろ姿を見つつ、柊哉は安堵の笑みを浮かべる。

リシャールの専属シェフで、アシスタントはいない。

誰に助けを借りるわけでもないが、同僚とは上手く付き合いたいものだ。

その点、ジョルジュとニコルは屈託がなく接しやすい。

船上での人間関係に少なからず不安を抱いていたが、とりあえず彼らとは仲よくやれそうで安心した。

『ディナーの時間は厳守してくれ』

ふっと、リシャールの機嫌の悪そうな顔が脳裏をかすめた。

「一分でも遅れたらヘソ曲げそう。急がないと……」

苦笑いを浮かべて肩をすくめた柊哉は、ディナーの仕込みを再開する。

「そういえば、二人ともバルビエさんのことムッシュって呼んでたけど……」

欧米では上司であってもファーストネームで呼ぶようだが、「ムッシュ」というのはそれに近いのだろうか。

とはいえ、働き始めたばかりの自分が真似《まね》をしていいものか迷う。

「ま、いっかぁ……」

初日からリシャールの呼び方で悩むこともない。

時間が経《た》って彼との距離が縮まれば、自然と呼べるようになるだろう。

今はディナーの準備に集中すべきと考える柊哉は、料理のことだけに意識を向けていた。

艶《つや》やかな黒のタキシードに身を包んだリシャールは、エメラルドグリーンのイブニングドレスを纏った秘書のマリー・シャロンを伴い、メインダイニングに向かっていた。

若くて美しいマリーと一緒にいると、いつも夫婦に間違えられる。

けれど、彼女は妻でもなければ恋人でもない、純然たる秘書だ。

それも、秘書としてはかなり優秀だ。

「ディナーに誘ってくださるなんて珍しいわね？」

並んで歩みを進めるマリーが、青い瞳で見上げてくる。

「バロウ船長と三人で新米シェフの試食会だ」

「味には納得しているのでしょう？」

「納得はしていない」

「それなのに雇ったの？」

不思議そうな顔をしている彼女に、曖昧《あいまい》な笑みを浮かべて肩をすくめてみせた。

先日、試しに食べた柊哉の料理は、これといって賞賛するほどの味ではなかった。

そつのないフレンチといったところだ。

ただ、技術に関しては確かなことがわかったし、ホテルの調理場で七年働き、さらに自分の店を持つために修業を積もうとしている彼には好感が持てた。

少し生意気なところがあるようだが、気が強くなければ海外に渡って修業などできるはずもない。

可愛らしい顔をしているけれど、思いのほか芯が強いのだと好意的に受け止めた。

そんな彼が、どういった料理を展開するのだろうかといった興味もあり、またシェフを必要としていたから雇ってみることにしたのだ。

「ああ、バロウ船長」

メインダイニングに向かう途中で船長のジャン・バロウと遭遇し、リシャールは笑顔で声をかけた。

「こんばんは。お招きありがとうございます」

紺色の制服に身を包んだ恰幅のいいバロウは、いつでもにこやかだ。

豪華客船の船長を長らくしていた、齢《よわい》五十のベテランだ。

自分のヨットを手に入れてからの付き合いで、かれこれ三年になる。

乗船スタッフも初期のメンバーがほぼ残っていて、船旅をしていても我が家で過ごしているような気分だった。

「新しいシェフが見つかったので、最初のディナーは是非ご一緒したいと思いまして」

「光栄です」

満面の笑みを浮かべたバロウを交え、三人でメインダイニングに向かう。

シャンデリアが煌《きら》めくメインダイニングの中央に、大きな丸いテーブルが置いてある。

テーブルセッティングは完璧に整っていた。

初めて会ったときからそうだったが、柊哉は約束の時間をきっちりと守る。

時間に正確な日本人らしいと言ったらそれまでとはいえ、なかなか好感が持てた。

それぞれが席に着いたところで、テーブルに置かれたベルを鳴らす。

「失礼いたします。本日のメニューです」

姿を見せた柊哉がシンプルな白い厚紙を三人に配り、すぐさま厨房に戻る。

「ほう、メニューとは」

「洒落たことをするわね」

バロウとマリーが、感心の面持ちで顔を見合わせた。

確かに気が利いている。

リシャールはさっそくメニューに目を落とす。

メニューは正確なフランス語で記されていた。

彼は三種類のメニューを考え、選んでほしいと言ってきた。

あのとき自分で決めるようにと突き放したのは、初めてのディナーを任された彼が、最終的にどのメニューにするか興味があったからだ。

（なるほど）

リシャールは胸の内でほくそ笑む。

心の中で決めていた料理名が記されていたのだ。

互いの思いが同じだったことが妙に嬉しい。

「これで腕がよければなお良し、といったところでしょうか」

喜びを感じ取られないよう何食わぬ顔で言い、テーブルから取り上げたナフキンを膝に広げる。

「前菜をお持ちいたしました」

まもなくして柊哉がワゴンを押して出てきた。

かなり緊張しているのか、表情が硬い。

シェフの制服を着ても年相応には見えず、より愛らしさが際立っている。

可愛い外見ながらも確かな技術を持つ彼が作る料理が、ますます楽しみになってきた。

「失礼いたします」

金の縁取りが施された皿を、彼が丁寧に配っていく。

「フォアグラのテリーヌ、ミルフィーユ仕立てと、野菜の三色テリーヌとなっております」

「シュウヤ」

前菜の説明を終えて戻ろうとした彼は、名前を呼ばれるとビクッとしたように足を止めて振り返ってきた。

「はい」

「ワインはどうした？」

「あっ……」

眉根を寄せて見上げると、彼の顔が見る間に赤く染まっていった。

「用意していないのか？」

「申し訳ありません」

頰を引きつらせた柊哉が、深く頭を下げる。

ワイングラスはテーブルに用意してあるのだから、料理を作ることに精一杯で忘れてしまったのだろう。

単純なミスだろうが、ワインなしのディナーなど考えられず、厳しい視線を彼に向ける。

「ワインを忘れるとはなにごとだ。せっかくの食事が台無しではないか」

「本当に申し訳ありません。すぐに……」

柊哉があたふたと厨房に足を向けた。

「待ちなさい、ワインの知識はあるのか？」

「いえ……」

足を止めて振り返った彼が、頬を赤く染めたまま俯《うつむ》く。

恥じ入っている彼を目にしたら、きつく言い過ぎただろうかと少し後悔した。

「では、今夜は私が選ぼう」

「はい、お願いします」

ナフキンをテーブルに置いて立ち上がったリシャールに、彼が安堵したような顔を向けてきた。

彼はソムリエを目指しているわけではないし、フレンチの料理人だからといってワインに精通しているとはかぎらない。

とはいえ、いずれ店を開くのであれば、ワインを理解しておく必要があるだろう。

彼のために一肌脱いでもいいような気がしてきた。

「申し訳ありません、少し時間をいただきます」

「どうぞどうぞ、ワインがなくては始まりませんから」

リシャールが断りを入れると、バロウは嫌な顔ひとつすることなく受け入れてくれた。

「ついてきなさい」

「はい」

柊哉を促し、厨房へと向かう。

リシャールはワイン好きが高じ、ロワールのワイナリーを買い取り、自らブドウを育てワインを造っている。

だから、船で旅をしているあいだもワインが楽しめるよう、本格的なワインセラーを設置した。

ワイナリーで造ったワインはもちろんのこと、寄港先で仕入れたりもするので、百本近いワインが常備されている。

「ワインクーラーとナフキン、あとコルクスクリューを用意しておいてくれ」

「はい」

彼に指示を出したリシャールは、ワインセラーの扉を開けて料理に合うワインを選び始めた。

ふと気がつけば、彼が真後ろに立っている。

ちらりと見やると、真剣な面持ちで観察していた。

ワインを学びたいという真剣な気持ちが、ひしひしと伝わってくる。

「前菜には軽めの白、魚料理にはコクのある白、今夜の肉料理には、濃厚な赤……」

取り出したワインを、柊哉に手渡していく。

バロウたちを待たせているから、詳しく説明してやる余裕はない。

ワインを学ぶ時間を取ってやったほうがよさそうだ。

「その三本を順番に出してくれ」

調理台に並べたワインをしげしげと見ていた柊哉が、大きくうなずいて前菜に合わせて選んだ白ワインを手に取った。

「コルクの抜き方はわかっているのか？」

「あの、コークスクリューでクルクルッと……ソムリエのようには……」

素朴な問いを投げかけると、彼は戸惑ったように見返してきた。

ワインそのものを、彼はあまり飲まないのだろうか。

とはいえ、コルクが抜けなければ話にならない。

「今夜は私が抜いておくから、明日までにきちんと抜けるように練習しておくんだぞ」

「はい」

素直に返事をした彼は、手早くコルクを抜いていくリシャールの手元を凝視していた。

彼の真摯《しんし》な姿勢に好感度が高まる。

料理人としての彼を育てるのは楽しそうだ。

そんな気持ちが、ふと湧き上がってきた。

「ああ、ワインをテーブルに運んだら、君は下がってかまわない」

「えっ？」

コルクを抜いたボトルをワインクーラーに入れると、彼がきょとんとした顔で見返してきた。

「ワインは私がサービスする」

「はい」

しっかりとうなずいた彼が、ワインクーラーを持ち上げる。

リシャールが厨房を出て行くと、すぐに彼があとを追ってきた。

「お待たせいたしました」

リシャールが席に着くのを待ってワインクーラーをテーブルに下ろした柊哉が、一礼して戻っていく。

彼はきちんと、手は届くけれど邪魔にならない場所にワインクーラーを置いていった。緊張しているようであっても、気遣いを怠ることがない。

育て甲斐がありそうだ。

「これはムッシュのワイナリーで採れたブドウで？」

グラスを手に取ったバロウが、満たしたばかりの白ワインをひとしきり眺め、香りを確かめる。

「ええ、昨年のワインですが、なかなかの出来で気に入っているんです」

ワインが行き渡り、ようやく食事が始まった。

「新しいシェフはかなり若そうですが、腕は良さそうじゃないですか」

「あれでも二十五歳なんですよ。東京の一流ホテルで七年ほど働いていたそうです」

彼は雇われの身ではあるが、船上では船長が絶対的な存在であり、敬意を持って接しなければいけない。

年上であるバロウに対しては言葉を崩さず、かといって堅苦しくならないようにいつも心がけていた。

「とてもそうは見えませんよね？　私、初めて見たとき十代かと思って、年齢を聞いてびっくりしたんです」

「確かに十代に見えなくもない」

バロウとマリーが顔を見合わせて笑う。

ワインを飲み、前菜を食べ、次第に話が弾んでいく。

双方が美味しいからこそ、テーブルも盛り上がるのだ。

「本日はトリュフのスープです」

前菜の皿が下げられ、小さなカップに入ったスープが置かれる。

ごく少量ながらも、トリュフの香りがすぐさま漂ってきた。

「なんていい香りなのかしら。こんなに美味しいスープは初めてだわ」

「ほうこれは美味い」

バロウとマリーがスープを絶賛する。

リシャールも確かに美味いと感じた。

けれど、お手本どおりの味であり、柊哉でなくても同じスープを作ることができる。

料理に奇抜さや独創性は求めていないから、彼の料理を惜しいと思ってしまう。

スープに続き、魚料理、口直し、肉料理がタイミングよくテーブルに運ばれてきた。頃合いを見計らったもてなし方は完璧といえるだろう。

バロウたちと話に花を咲かせながらの食事は、普通に満足がいくものだった。

「本日のデザートはクレームブリュレでございます」

ニコルがデザートとコーヒーを運んできた。

若いながらも腕のいいパティシエで、リシャールは彼女が手がけるデザートをいつも楽しみにしている。

「ニコルのデザートは本当にいつも美味しいわ」

「そうだな」

マリーの言葉に、笑顔でうなずき返した。

甘いものに目がないバロウは、濃厚なクレームブリュレをペロリと平らげる。

バロウとマリーがコーヒーを飲み終えるのを待ち、リシャールはベルを鳴らす。

「お呼びでしょうか？」

厨房から姿を見せた柊哉が、緊張の面持ちでリシャールを見つめてきた。

「どれもとても美味しかった。とても満足しているよ」

「サーモンのマリネがとっても美味しかったわ。いままでで一番かもしれないわね」

バロウに続きマリーまでが柊哉の料理を褒め称《たた》えた。

どうやら彼らの口に合ったようだ。

「ありがとうございます」

笑みを浮かべた柊哉が頭を下げる。

胸をなで下ろしたようだが、まだ完全に緊張は解けていないのが顔つきからわかった。

彼はリシャールの感想を待っているのだ。

「まあ、初仕事としてはこんなものだろう」

「お気に召しませんでしたか？」

素っ気ない言葉に、柊哉が落胆もあらわに見つめてくる。

だが、彼を喜ばせるためにお世辞を言うつもりは毛頭ない。

「確かに美味いが絶賛するほどではないということだ」

リシャールがさらに辛辣《しんらつ》な言葉を向けると、唇をぎゅっと噛みしめた彼は、一礼して厨房に戻っていった。

あまりにもきつい言いようだったせいか、バロウとマリーが戸惑った顔をしていたが、リシャールは気にせず席を立つ。

「サロンでコニャックでもいかがですか？」

「是非」

にこやかにうなずいたバロウが椅子から立ち上がり、マリーも続く。

二人は柊哉とのやり取りに関してなにも言わなかった。

リシャールはヨットのオーナーであり、柊哉の雇い主だ。

外野が口を挟むべきではないことと理解しているのだろう。

「私はこれで失礼します」

「ああ、ご苦労様」

労いの言葉をかけると、彼女は先にメインダイニングをあとにした。

「では、行きましょう」

バロウを誘い、メインダイニングと続きになっているサロンに向かう。

サロンは重厚感のある調度品を揃えてあり、船内のどこよりも落ち着いた雰囲気になっている。

強い酒をのんびりと楽しむには最適な場所だ。

「少し彼に厳しすぎやしませんかね」

ソファに深く腰掛けたバロウが、独り言のようにつぶやいた。

「そうでしょうか？」

コニャックのデキャンタとグラスをテーブルに運びつつ、リシャールは気にしたふうもなく問い返した。

「彼の料理はどれも美味かったではないですか」

「そうですが、彼はまだ修業中の身なのです」

バロウの向かいに腰掛け、デキャンタからグラスにコニャックを注ぐ。

あの場では口を挟まなかったけれど、やはり言わずにはいられなかったのだろう。

それだけ、あのときの柊哉に対する態度が厳しかったのかもしれない。

「修業中？」

身を乗り出してグラスを取り上げたバロウが、コニャックを揺らしながら首を傾げる。

「ええ、いずれ店を持ちたいとのことで、この船でフランスに渡り、それからさらに修業を積むそうです」

「ほう」

「ですから、シェフとして雇っていますが、彼にとってはここも修業の場なんです」

長々と説明しなかったのは、バロウであれば理解してくれるだろうと思ってのことだ。

案の定、彼はなるほどといった顔つきでうなずくと、グラスを口に運んだ。

掌《てのひら》でほどよく温めたコニャックを、リシャールも黙って味わう。

面接当日、ホテルのラウンジに現れた柊哉を見たときは、紹介者に対して本当に腹を立てた。

まさか、二十歳そこそこの新米シェフを寄越すとは考えてもいなかったのだ。

だから、話を聞くのも馬鹿らしく感じられ、柊哉をすぐに追い返そうと思った。

ところが、いきなりの反撃を食らい、すぐさま考えを改めた。

こんなにもはっきりとものを言う日本人には、これまで会ったことがない。

どんな経歴の持ち主なのだろうかと、若くて可愛らしい彼に一気に興味を持った。

経歴書に目を通して特に気になったのが、「夢はビストロを開くこと」の一文だ。

あえてフランスの家庭料理を提供する店を選ぶくらいだから、さぞかし美味い料理を作るのだろう。

そう考えて試しに料理をさせてみると、思っていたほどの感動を得られなかった。

雇うことに決めた理由はいろいろある。

彼が本当に作りたい料理を食べてみたいというのも理由のひとつだった。

「シャルルのように逃げ出さなければいいですが……」

コニャックを味わっていたバロウが、ぽつりともらしてグラスを見つめる。

シャルル・ベーリエ。

仕事を放り出して下船した前の専属シェフだ。

彼が突如、仕事を辞めたのは恋愛がらみだ。

そのことはバロウも知っている。

それでもシャルルの名を持ち出したのは、次の専属シェフを探すために、横浜での滞在が予想外に長引いてしまったからだろう。

仮に柊哉がすぐに辞めるようなことがあれば、またどこかの港で足止めを食らうことになる。

船長としてはそれを避けたい思いがあり、つい口にしてしまったように感じる。

「辞めたいと思うようであれば、それまでのことです」

「素直な好青年だから、頑張ってほしいものだ」

「そうですね」

真顔で言ったバロウに、リシャールは笑顔でうなずく。

彼はただ夢を抱いているだけではない。

夢を実現させるため、揺るぎない思いで突き進んでいる。

そんな彼が、易々と諦めてしまうわけがない。

彼とはまだいくらも言葉を交わしていないが、ディナーの最中、目にした態度や表情に、やり遂げるだろうと確信したのだ。

柊哉は確実に成長していく。

成長していく彼を見守るだけでなく、協力してやりたいと、いまは強く思っている。

「やっと出航できますね」

「明日の早朝、出航です」

「海に出るのが楽しみですよ」

バロウに微笑み、グラスを口に運ぶ。

明日から毎日、柊哉の料理を食べることになる。

考えるだけで楽しい。
朝食にはなにを用意してくれるのだろうか。
期待に胸を膨らませながら、リシャールはコニャックを味わっていた。

ディナーの後片づけをしている柊哉は意気消沈している。

一度ならず、二度までもリシャールに料理を褒めてもらえなかった。

バロウとマリーは美味いと言ってくれたのだから、リシャールの口には合わなかったということだろう。

「はーぁ……」

雇い主はリシャールだ。

彼が満足してくれなくては意味がない。

「シュウヤ、皿洗いはしなくていいのよ」

「えっ？」

いきなりニコルから声をかけられ、ハッと我に返る。

「スタッフがいるから、そのままで大丈夫」

「ありがとうございます、知りませんでした」

彼女に礼を言い、泡だらけの手を水で洗い流す。

結局、リシャールは乗船者を誰も紹介してくれないばかりか、厨房でのルールも教えてくれていないのだ。

そのうちわかるだろうくらいに思っているのだろうか。

それとも、訊きに来るのを待っているのだろうか。

まだわからないことばかりだが、いまさらリシャールに質問するのも躊躇《ためら》われる。

なにかあったら、ニコルかジョルジュに訊くしかないだろう。

「そろそろ食事に行きましょう。お腹《なか》が空《す》いたでしょ」

「食事?」

「私たちは向こうの食堂で食事をするのよ」

ニコルがスタッフ用の食堂を指さす。

「僕も食べていいんですか?」

「あなたも乗船スタッフだもの当然でしょう」

彼女がなにを言っているのと笑う。

そういえば、自分の食事をどうしたらいいのかもわかっていなかった。

料理をしているときに味見はしたけれど、口にしたのはそれだけだ。

彼女が誘いに来てくれなければ、食いっぱぐれるところだった。

「さあ、行きましょう」

ニコルに促された柊哉は、濡《ぬ》れた手をタオルで丁寧に拭き厨房を出る。

「ちなみに、普段はバロウ船長も向こうの食堂で食事をするのよ」

「へぇ……」

にわかには信じられなかったが、ニコルが嘘を言うはずもない。

リシャールに雇われている者は、すべてスタッフ用の食堂を使うということか。

線引きがきっちりしているんだなと、妙なところで感心してしまう。

「お疲れさま」

食堂に入っていくと、トレーを手にしたジョルジュが声をかけてきた。

「お疲れさまです」

笑顔で挨拶を交わし、ニコルと一緒に彼のそばに行く。

大きな食堂を想像していたけれど、思ったよりこぢんまりとしている。

長い長方形のテーブルが列をなしていて、いかにもスタッフ用の食堂といった感じだ。

スタッフ全員が一堂に揃うには、広さ的にぎりぎりだろう。

船は二十四時間体制を取っているだろうから、スタッフ全員が押し寄せることもないということか。

「夕食はいつも私たちが最後だから、どうしても残り物になってしまうけど、昼までなら料理もたっぷり用意してあるわよ」

「時間は決まっているんですか？」

「午前八時から午後二時まで。夜は六時から九時までで、いつでも食べられるようになってるわ」

ワゴンからトレーを取り上げたニコルに倣《なら》い、柊哉もトレーを取る。

料理を入れたステンレスのバットが並んでいるだけで、ホテルのバイキングのような凝った装飾もない。

本来は料理の数はそこそこあるようだが、確かに空のバットもちらほら目についた。

とりあえずトレーに皿とカップを載せ、適当に料理を盛っていく。

料理を見たら、俄然《がぜん》お腹が空いてきた。

山ほど盛り付けていたらニコルに笑われてしまったけれど、食事をするのは自分たちが最後だと聞いているから、遠慮なくいただくことにする。

カップにスープを注ぎ、トレーにフォークを載せてテーブルに向かった。

すでにジョルジュとニコルは向かい合って座り、食事を始めている。

柊哉はジョルジュの隣にトレーを下ろし、椅子に腰掛けた。

「朝の八時に合わせて料理を作って、夜は九時までって、けっこう大変ですね」

「でも、私たちは料理するだけだから」

スープを飲みつつ訊ねると、意外にもあっさりとした答えが返ってきた。

「他にもスタッフがいるから、働き詰めってわけでもないんだよ」

不思議そうな顔をしたからか、ジョルジュが補足してくれ、ようやく納得する。

「なるほど」

うなずいた柊哉は、好物のキッシュに真っ先に手を伸ばした。

キッシュを食べると、子供のころを思い出す。

実家の近くに洋食店があり、小学生になったころから家族で足繁く通った。

キッシュはもちろんのこと、とにかくどんな料理も美味くて、高いコック帽をかぶった店主が格好よく、調理する姿をよく眺めていたものだ。

帰り際に「ごちそうさま、美味しかったです」と伝えると、いつも満面の笑みで送り出してくれた。

美味しい料理を作る店主に憧れを抱き、十歳くらいのときには自分も料理人になりたいと思うようになっていた。

温《ぬく》もりと優しさが感じられる家庭的な料理を出す店を、いつか自分もやりたいという思いが、年齢を重ねるほどに強くなっていった。

典型的なサラリーマンの家庭だったから、料理人になりたいと言ってもまったく取り合ってくれない。

会社勤めとは異なり、料理人は不安定な職業と考えたのだろう。

料理人になるなら高校を出てすぐに修業を始めたほうがいいと考え、自分なりに将来を思い描きつつ計画を立てたのだ。

そうして、親の反対を押し切ってホテルの就職試験を受け、高校を卒業するとともに家出同然で実家を離れ上京した。

幸いホテルの寮に入ることができたこともあり、親に泣きつくような事態に陥ることもなくすんだ。

夢を叶《かな》えるために立てた計画は、いまのところ順調に進んでいる。

だからこそ、フランス人のリシャールに料理を認めてもらいたかった。

「厨房には慣れそう？」

「ええ、なんとか」

上目遣いで訊いてきたニコルに、小さく笑ってみせる。

まだ戸惑うことも多々あるけれど、雇われている身なのだから厨房に文句などつけられるわけがない。

「使い勝手が悪かったら、好きに変えちゃって大丈夫よ。いまのは前のシェフが使いやすいように配置したままだから」

「そういえば、前の方はどうして突然、辞めてしまったんですか？」

厨房のことよりも、前任のシェフのことのほうが気になり、思わず訊いてしまった。

けれど、ジョルジュとニコルが顔を見合わせたものだから、まずい質問をしたかもしれないと不安になる。

「彼ね、仕事より彼女を取ったのよ」

「えっ？」

「パリから日本まで追いかけてきた彼女と横浜で再会したら、離れられなくなっちゃったみたい」

「それで辞めたんですか？」

開いた口が塞がらないとはこのことだ。

恋人のために仕事を放り出すなんて、絶対に考えられない。

でも、恋愛経験が皆無だからそう思ってしまうのだろうか。

「普通はあり得ないけど、フランス人は仕事より恋なのよ」

ニコルが意味ありげに微笑む。

フランス人の恋愛事情はよく知らないけれど、フランス人のニコルが言うのだから、そういうことなのだろう。

「まあ、腕はいいからすぐに新しい職場は見つかるだろうけど、ここの報酬は破格値だからねぇ。もう少し我慢して、結婚資金を貯《た》めてから辞めればいいのにって俺なんかは思うけどさ」

同じフランス人男性として異を唱えたジョルジュが、シチューを頬張《ほおば》る。

フランス人もいろいろということか。

どちらにしろ、リシャールが原因ではなかったようで安心する。

「バルビエさんって、どんな仕事をしているんですか？」

他に話題がなさそうなので、柊哉は自分から振ってみた。

本人に直接、訊けないことも、彼らであれば教えてくれそうだ。

「フランス随一のバルビエ海運の息子で、亡くなった父親から受け継いだ遺産で投資を始めて、莫大な財産を築いたんですって」

「海運会社は継がなかったんですか？」

「次男坊だから自由気ままに暮らしているみたいよ」

「こんなすごいヨットが買えるくらい、投資で儲《もう》けるってすごいですね」

大富豪だとわかっていても、やはり驚く。

いわゆる御曹司《おんぞうし》で、そのうえ自分で資産を増やしているのだから、すごいとしかいいようがない。

「ヨットだけじゃないよ。パリ郊外に城みたいな豪邸と、ワイナリーも持ってる」

「でも、本当は画家になりたかったっていう話も聞いたことがあるわ」

「ああ、それでよくデッキで絵を描いてるのか。なるほどねぇ」

ジョルジュとニコルから提供される情報に、いちいち感心してしまう。

「完全に住む世界が違う人なんですね」

ため息交じりにもらした柊哉は、意味もなく肩を落とす。

想像以上にすごい人物の専属シェフになってしまった。

彼を満足させるには、相当な努力が必要になるだろう。

「確かに別世界の人だけど、ムッシュがいるから私たちも好条件の仕事にありつけてるってことよ」

こんなありがたいことはないと、ニコルが軽やかに笑う。

そうは言うけれど、リシャールに雇ってもらえる確率は限りなく低いだろう。

彼のヨットで働くスタッフは、難関をくぐり抜けた優秀な人ばかりなのだ。

(僕は……)

ニコルたちと同じ職場にいる自分はどうなのだろうか。

腕に自信こそあれ、キャリア的には一人前とは言い難い。

どうしてリシャールは採用してくれたのか。

いまさらながら不思議でならない柊哉は、いつか理由を知れたらいいなと思いつつ食事を続けていた。

ニコルたちとの夕食を終えたあと、小一時間ほどワインのコルクを抜く練習をして部屋に戻った柊哉は、着替えをすませるなりレシピノートを持って甲板《かんぱん》に出てきた。

初日はどうにか終了したけれど、明日の朝食のメニューを考えなければいけないのだ。

ヨットはまだ埠頭に停泊したままで、横浜の夜景が綺麗に見える。

「今夜は爆睡しそう……」

明日の朝早くに出航すると教えられ、ひとまず安堵していた。

大きな船になど乗ったことがないから、船酔いが心配だったのだ。

停泊したままならぐっすり眠れるだろうから、とりあえず初日の緊張と疲れは解消できそうだった。

「さーてと……」

街の灯《あか》りは遠く、甲板のライトもすべて消えている。

真っ暗闇というわけではないけれど、ノートを見ながら朝食のメニューを考えるには、甲板は不向きだっただろうか。

「風が気持ちいい……」

部屋に戻るのも忍びなく、少し散策してみることにした。

出てきたのは船尾側の甲板で、船首側に行くにはいったん船内に戻る必要がある。

反対側にも甲板があるのかすら不明だが、とりあえず船内に戻った。

長い廊下が真っ直ぐに続いているから、そのまま行けば船首側に出られそうだ。

相変わらず人の姿がなく、船内は静まりかえっている。

「停泊中だからかな？」

航海が始まれば、また違ってくるのかもしれない。

いずれ他のスタッフと遭遇するだろうと思いつつ歩みを進めると、ドアに突き当たった。

ガラスの小窓から目を凝らすと、テーブルセットとベンチが見えた。

それに、灯りが灯《とも》っている。

ドアを開けて甲板に出た柊哉は、あたりを見回す。

「いないのかぁ……」

灯りがついているから、てっきり誰かいるのかと思ったのだが、人の姿はなかった。

ここは甲板と言っていいのだろうか。

殺風景なところにテーブルセットやベンチが置かれているのではなく、ちょっとしたテラスのように洒落た雰囲気に整えられている。

「ここで絵を描いてるのかな？」

夕食のときにジョルジュが口にした言葉を思い出す。

リシャールが絵を描いている姿を想像するのは難しい。

勝手なイメージでしかないが、芸術家タイプではない気がするのだ。

「ちょうどいいや」

灯りの下に置かれているベンチに座り、持ってきたノートを膝の上に広げる。

難なく文字が読めた。

「朝だから軽めのほうがいいんだろうなぁ……」

さっそくメニューを考え始めたが、そう簡単には浮かんでこない。

当たり前のことだが、ホテルの調理場ではオーダーを受けてから作り始める。

ここでは、リシャールのために自分がメニューを決めなくてはいけない。

それも、自らが決めたメニューで彼を満足させなければならないのだ。

決まったメニューから選んでもらったほうが、どんなに楽かしれない。

「はぁ、難しい……」

いちからメニューを考え、誰の手も借りることなくすべての料理を完成させる。

とても大変な作業だ。

料理を作るのが大好きで、一日中でも調理場に立っていたいと思ったくらいだが、メニューから考えるのがこんなに辛《つら》いとは思いもよらなかった。

「なにをしているんだ?」

「えっ?　あ……」

いきなりリシャールから声をかけられ、心臓が破裂するかと思うほど驚いた柊哉は、ただただ呆然《ぼうぜん》と彼を見上げる。

「仕事中か?」

「あ、あの……朝食のメニューを……」

「で、決まったのか?」

「いえ、まだ……」

「そうか」

なにを思ったのか、リシャールが隣に腰を下ろした。

にわかに緊張が走る。

立ったほうがいいのだろうか。

それともこのままでいいのだろうか。

カチコチになっている柊哉は、身動きが取れなくなった。

「横浜の景色を眺められるのも今夜が最後だ」

優雅に足を組んだ彼が、遠くを見つめる。

ディナーのときと同じタキシード姿で、アルコールの香りを纏っている。

緊張しまくっているのに、リシャールから目が離せない。

見惚れてしまうくらいの美男子で、美人の妻がいて、誰もが羨《うらや》むほどの大富豪。

本当に自分とはまったく別の世界に住む人。

惜しみなく金を使う彼は、世界を巡りながら数々の美味い料理を食べてきたはずだ。

誰よりも舌が肥えているに違いない。

そんな彼を満足させる料理が自分に作れるのだろうか。

超一流のシェフを雇うことだってできるのに、どうして自分なんか採用したのだろうか。

端麗な横顔を見つめる柊哉の脳裏を、さまざまな思いが駆け巡る。

「それは？」

柊哉が膝に載せているレシピノートに、リシャールが視線を向けてきた。

「これはホテルで七年間、働いていたときに、自分で作ったレシピのノートです」

「七年か……そういえば、夢はビストロを開くことだそうだが」

ふとこちらを向いた彼と目が合い、慌てて視線をそらしてこくりとうなずく。

「は、はい……」

経歴書に書いたことを、彼は覚えてくれていた。

それだけのことなのに、ひどく嬉しい。

「なぜビストロなんだ？」

「子供のころから家族で通っていたお店があるんですけど、そこのシェフに憧れたんです」

柊哉は言葉を選びながら理由を説明する。

日本では普通にある「洋食屋」を、フランス語で伝えるのは難しい。

料理名にしても日本で生まれた洋食があるから、説明をするのに時間がかかる。

それなのに、リシャールは熱心に耳を傾けてくれていた。

「それで、フランス料理の基本を身につけるには、ホテルの調理場がいいだろうと思って就職したんです」

「基礎を学ぶのはたいせつなことだからな」

ときに優しく目を細め、ときに首を傾げる彼に、柊哉は本気で夢を語った。

ディナーでワインを忘れるという失態をさらしたときも、厳しい言葉を向けてきたわりには丁寧に指導してくれた。

口調がきついからとっつきにくいけれど、こうして親身に話を聞いてくれている彼にはとても好感が持てた。

「フランスの家庭料理も私は好きだ」

「そうなんですか？」

「期待しているぞ」

柊哉の肩を軽くポンと叩いてベンチから立ち上がると、リシャールはそのまま立ち去ってしまった。

彼が船内へと姿を消し、再び静かな甲板にひとりになる。

「期待しているぞって言ったよね？　もしかして家庭料理を作れってこと？　これってリクエスト？」

彼ははっきり作れと言ったわけではないけれど、すごく含みを持った言い方だった。

ビストロを開くのが夢だから、ホテルで働いているあいだもフランスの家庭料理を独学で勉強してきた。

「でも……」

ディナーはフルコースと決まっているため、家庭料理を加えることができない。

それなのに、あんなことを言い残したのだから、とくに決まりがない朝食で出せということか。

「なにがいいのかなぁ……」

家庭料理が作れると思ったとたん、気分が一気に上昇した。

あれこれメニューを考えるだけで楽しい。

「ガレットもいいし、キッシュでもいいよなぁ……」

さんざん夢を語ったから、家庭料理を作らせてくれるのだろうか。

それとも、また腕を試すつもりだろうか。

「あー、嬉しいなぁ……」

彼の考えていることなど知りようもないし、理由などなんでもいい。

家庭料理が作れるだけで幸せなのだ。

「どれにしよう……」

レシピノートを忙しなく捲《めく》り始める。

自分で翻訳した家庭料理のレシピの中から、リシャールが喜びそうな料理を探す。

「ああ、出身地を訊いておけばよかった」

地方によって家庭料理も違ってくる。

誰しも生まれ育った地方の味に慣れているはずだ。

「うーん……」

先ほどまでも悩んでいたけれど、リシャールのために作る家庭料理を選ぶ柊哉は、悩むことすら楽しんでいた。

第七章

厨房にいる柊哉は、朝食の時間に合わせてガレット作りに勤しんでいる。

朝食はリシャールひとりで食べるため、作るのはひとり分だけだ。

「いきなりガレットなんか出したら怒られるかな？　先に確認しておけばよかった……」

いまになって先走ってしまったかもしれないと不安になる。

「でも、家庭料理が食べたいみたいだし……」

あと数分で朝食の時間だから、作り直している余裕などない。

こうなったら、当たって砕けろだ。

「あっ！」

メインダイニングでベルが鳴り響いた。

リシャールが到着したようだ。

テーブルセッティングはすでに完了している。

あとはガレットを運ぶだけだ。

「よし」

ガレットを完成させて気合いを入れた柊哉は、純白の大きな皿を持って厨房を出る。

「おはようございます」

「おはよう」

にこやかに挨拶をしてきた彼は、薄紫色の開襟《かいきん》シャツに、ベージュのパンツを合わせている。髪も手ぐしで整えただけなのか、かなり柔らかな印象になっていた。

昨晩のタキシード姿は、ため息が出るほど格好よかったけれど、ラフな感じも素敵で親近感が持てる。

「本日は生ハムと卵のガレットをご用意しました」

皿を彼の前に置く。

塩と胡椒のシンプルな味付けに、味に奥行きを出すためのチーズはミモレットを選んだ。

最初はパルミジャーノを使おうかと思ったが、フランスの家庭料理だからフランス産のチーズに変更した。

「美味そうだ。オレンジジュースをくれないか」

「はい」

柊哉はいそいそと厨房に戻る。

見た目に関しては合格したようだ。

だが、肝心なのは味であり、食べたあとに美味いと言ってもらえなければ意味がない。

グラスにオレンジジュースを満たし、メインダイニングに運んでいく。

（早い……）

彼はもう半分ほど食べ終えている。

美味しくなければ食は進まない。

期待に胸が膨らんでくる。

「お口に合いましたでしょうか？」

グラスをテーブルに置いた柊哉が恐る恐る訊ねると、ナイフとフォークを皿に置いたリシャールが、ナフキンで口元を拭《ぬぐ》って見上げてきた。

まさに緊張の一瞬だ。

「これくらいのガレットであれば、パリのクレープリーでいくらでも食べられる。まだまだのようだな」

彼の感想にかなりショックを受けた。

パリではガレットがクレープと同等に扱われていて、街中にあるクレープリーで気軽に楽しめるらしい。

パリに行ったことがないから、料理本を参考にしてできる限り本場のガレットに近づけたつもりだ。

クレープリーの味に近いのであれば、本場の味に近いということではないか。

それなのに、合格点がもらえないのは納得がいかない。

「本場の味を目指して作ったんですけど……」

言い訳はしたくないが、やはり黙っていられなかった。

「君は日本人なのだから、本場の味にこだわる必要はないだろう？」

「えっ？」

柊哉は思わず首を傾げ、笑っているリシャールを見つめる。

「明日の朝食もガレットを出してくれ」

ガレットを食べきることなく席を立った彼は、そのままメインダイニングをあとにした。

「またガレット……」

立ち尽くしたまま、遠ざかる彼の後ろ姿を見つめる。

明日もガレットをリクエストしてきた彼は、なにを考えているのだろう。

「試されてる？」

他に理由が思い当たらない。

納得がいくガレットを作らせようとしているとしか思えない。

「でも、日本人の自分が作るガレットって……どう考えても、和風にしろってことじゃないよな」

難しい顔をしたまま、テーブルを片づけ始める。

彼が食べたがっているのは、フランスの家庭料理だ。

それなのに、本場の味にこだわる必要はないという。

大いなる矛盾だ。

「いったい、どうすれば……」

同じ料理をリクエストされたからには、今日以上の味に仕上げなくてはならない。

「日本人が作るフランスの家庭料理……」

本場の味を再現しようと必死になっていたけれど、リシャールはそれを求めていたわけではなかった。

「自分らしいガレット……」

考えるほどにわからなくなってくる。

けれど、どうしても合格点をもらいたい。

リシャールに美味しいと言わせたい。

「久しぶりに燃えてきたぁ」

俄然、やる気が出てきた柊哉は、ガレットを研究すべく急ぎ足で厨房へと戻っていった。

第八章

リシャールのヨットが日本を離れてから、十日ほどになる。

彼のために日々、料理を作っている柊哉は、航行中も船酔いすることなく、生まれて初めての船旅を楽しみつつ、仕事に励んでいた。

けれど、いまだに朝食は毎回、ガレットをリクエストされている。

要するにまだ合格点をもらえていないのだ。

それはディナーも似たようなもので、食べ終えたあとに「まだまだだな」と言われ続けている。

ディナーのメニューは毎回いちから考えなければいけないし、ガレットだって同じものは出せないから、いつもメニューのことで頭がいっぱいだ。

合格点はつけてくれないのに、味に関する文句は一度も口にしたことがないし、今では料理はきれいに食べてくれている。

「不味《まず》いわけじゃないいんだよなぁ……」

なぜリシャールを満足させられないのか。

どうやったら満足させられるのか。

考え続けてきた柊哉は、片づけを終えて厨房を出ると、頭を休めるためその足で甲板に向かう。

「あれ？」

甲板に続くドアのガラス窓越しに覗くと、パラソルを開いたテーブルにリシャールが腰掛けていた。

椅子の背に寄りかかり、軽く首を傾けている彼は、どうやら電話しているようだ。

邪魔をしないよう静かにドアを開けて外に出た柊哉は、しばしその場から彼を見つめる。

テーブルにはノートパソコンがあり、その横には分厚いファイルが置かれていた。

「仕事してるのかな？」

優雅に船旅をしながらも、きっちりと仕事をしている。

なにをしていても格好いいのだからずるい。

年相応にすら見てもらえない自分が、なんだか悲しくなってくる。

「今日もいい天気だなぁ……」

晴れ渡った空を仰ぎ、大きく深呼吸をした柊哉は、リシャールから離れた場所で海を眺める。

出航してから晴天続きで、海も穏やかな日が続いていた。

部屋のベッドは寝心地がよく、ゆったり浸かれるバスタブもついているから、寮にいたときより生活がランクアップしている。

「笑ってる」

思わずリシャールを振り返った。

「あんな楽しそうに笑うこともあるんだ」

初めて目にする明るい笑顔に、目が釘付《くぎづ》けになる。

男なら誰しもが手に入れたいと思うであろう、すべての要素を彼は持っているのだ。

本当に羨ましい。

なぜか嫉妬心《しっとしん》はなかった。

ただただ彼に憧れる。

彼のようになることは叶わなくても、少しでいいから近づけるようになりたい。

「休憩中か？」

電話を終えて柊哉に気づいたのか、リシャールが声をかけてきた。

「はい」

「こちらに来ないか」

彼が手招きしてくる。

仕事の邪魔をするつもりはなかったが、一段落したのかもしれない。

断る理由もないから、素直にテーブルに向かった。

「明日の朝食はキャンセルだ」

「えっ?」

突然のことに、柊哉は動揺する。

納得がいかない味のガレットばかり食べさせられ、さすがに嫌気がさしたに違いない。

「明日の午前中にシンガポールに到着するから……」

「あの、もしかして」

柊哉は彼がまだ言葉半ばだというのに、たまらず割り込んでしまった。

シンガポールに着いたら下船させるつもりなのだ。

彼は自分を解雇しようとしている。

「どうした?」

「あの……」

「シンガポールに着いたら船を下りて食事に行くぞ」

そう言って微笑んだ彼を、唖然《あぜん》と見返す。

もしかして、食事に誘われたのだろうか。

「君はフランス料理以外、口にしないのか?」

「いえ、まさか」

「では、十時に下船するから支度をしておくように」

「はい」

大きくうなずいて立ち上がった彼が、閉じたノートパソコンにファイルを重ねて小脇に抱える。

「ああ、それから今日のディナーでガレットを出してくれないか」

「ディナーにガレットですか？」

「そうだ」

短く答えた彼が、足早に甲板をあとにした。

柊哉はぽかんと彼を見つめる。

急な誘いにどんな意味が隠されているのだろう。

わざわざ船を下りて食事に行くのだから、マリーも同行するはずだ。

夫婦の食事に自分が混ざって大丈夫なのか。

マリーに了解を取っているのか。

気になることが多すぎて乗り気になれないでいる。

「まあ、誘ってくれたんだし、ありがたく同行させてもらえばいいか……」

フランスで修業をするための資金を貯めるため、すべてを切り詰めてきたから、海外旅行など一度も行ったことがない。

初めて土を踏む国はフランスのはずだったが、自分の懐《ふところ》を痛めずに訪ねられるならどこの国でもかまわないし、思う存分楽しめばいいのだ。

「それにしても、夜にガレットってどういうこと?」

リシャールが座っていた椅子に腰掛け、背もたれに寄りかかって空を仰ぐ。

「朝も食べたのに、夜もリクエストしてくるなんて、よほどガレットが好きなのかな?」

彼の考えていることは本当に理解できない。

ガレットが好物ならば、自分好みの味をオーダーしてくれれば、そのとおりに仕上げる。

けれど、彼は味付けや具材についてはいっさい口にしない。

出されたガレットを黙って食べ、そして「まだまだだな」と言うばかりなのだ。

頭の中はクエスチョンマークでいっぱいになっているけれど、専属シェフとしてはリクエストに応えるしかない。

毎日のように作っているから、レパートリーは増えていくし、ガレット生地の焼き加減が確実に上達している。

合格点をもらえないのは辛くても、いい経験になっているのは否めない。

リシャールは腕を磨く機会を与えてくれているのだ。

なにごとも勉強だと前向きに考え、彼のためにガレットを作るしかない。

とはいえ、ディナーにガレットを出すとなると、かなり悩ましい。

メイン料理に据えられるわけがないから、前菜として出すしかないだろう。

「でも、前菜でガレットを食べたら、それだけでお腹がいっぱいになっちゃうし……」

ただサイズを小さくしたのでは能がない。

なんとかして彼をあっと言わせたいが、名案など簡単に浮かんでくるはずもない。

「ホント、悩ませてくれるよなぁ……」

背もたれに寄りかかったまま目を閉じた柊哉は、リシャールからリクエストされたガレットについて考えを巡らせていた。

シンガポールに寄港したヨットからリシャールと二人で下船した柊哉は、マリーがいないことがずっと気になっている。

港から乗ったタクシーの中ではなかなか言い出せずにいたが、街に繰り出してもマリーを話題にもしないことに、柊哉はついに痺《しび》れを切らした。

「あの……」

「なんだ？」

並んで歩くリシャールが、チラリと柊哉を見やってくる。

「どうしてマリーさんは一緒ではないんですか？」

「なぜだ？」

彼がわずかに眉根を寄せた。

柊哉にしてみれば、なぜと聞き返してくる彼を訝しく思う。

「えっ？　食事をするなら普通、奥さんも一緒ですよね？」

真顔で問いかけると、彼がかすかに頬を引きつらせた。

必死に笑いを堪《こら》えているようでもある。

彼の妙な反応がますます解せない。

「奥さんって、いままでずっとマリーを私の妻だと思っていたのか？　私は一度も結婚をしていない」

さすがに堪えきれなくなったのか、リシャールは言い終えるなり声を立てて笑った。

彼が嘘をつくとは思えない。

とんでもない勘違いをしていたようだ。

でも、そうするとマリーはヨットでなにをしているのだろう。

「すみません……じゃあ、あの……マリーさんは……」

「マリーは私の秘書だ。妻でも恋人でもない、ただの秘書だよ」

躊躇いがちに訊ねた柊哉に、彼はきっぱりと答えた。

船旅をしながらも仕事をしているから、秘書が同行しているということか。

それなら納得だ。

とはいえ、初めて会ったときに教えてくれていれば、恥ずかしい勘違いをしなくてすんだのだから、彼を責めたくもなる。

「秘書なら秘書って、最初に紹介してくださいよ」

「紹介しなかったか？」

「してません。マリーさんだけじゃなくて、誰も紹介してくれていません」

リシャールのとぼけた表情にムッとした柊哉は、胸にしまっていた不満をぶちまけた。

こんなことを言ったところで、もっと早く指摘すればいいではないかと、軽くいなされるに決まっている。

「それは申し訳ないことをした」

驚いたことに、彼は素直に詫《わ》びてきた。

絶対に謝らないと思っていたから、けっこう意外だった。

「変なとこ無頓着《むとんちゃく》なんですね」

「まあ、マリーのことは誤解だとわかったのだからいいじゃないか」

「そうですけど……」

言い返す余地もなく、柊哉は笑って肩をすくめる。

一緒に過ごす時間が増えたから、少しずつ彼のことがわかってきた。

彼の新たな一面を見ると、なんだか嬉しくなる。

(マリーさん、奥さんじゃなかったんだぁ……)

事実を知って安堵している自分がいた。

どうして、そんな感情が湧いてきたのだろう。

とてもリシャールのことが気になっている。

いつもはメニューのことで頭がいっぱいだから、彼が気になる自分が不思議でならない。

「この先に屋台村がある。そこで食事をしよう」

「はい」

リシャールに促され、屋台村へと足を向ける。

彼はシャツに薄い麻のジャケットを羽織り、ベージュのパンツを合わせていた。

けれど、素足に革の白いスリッポンを履いた彼は、リゾート仕様のスタイルが決まってい
て、色男ぶりが増している。

いっぽう柊哉は、半袖のシャツにデニムパンツを合わせた軽装だ。

スニーカーを履き、ショルダーバッグを斜めがけしている。

子供っぽい顔立ちのせいもあり、修学旅行か卒業旅行の学生のようだった。

同じ男なのにこうも違うものかと情けなくなるが、どう足搔《あが》いたところでリシャールには
なれないのだからと諦める。

「すごーい人の数」

足を踏み入れた屋台村は、アジアらしい活気に溢《あふ》れていた。

もっとごちゃごちゃした雰囲気を想像していたけれど、思いのほか洗練されている。

ずらりと並んだテーブルも、清潔感があった。

「食べてみたいものがあるか？」

屋台村に入ったとたん、リシャールが声のトーンを上げた。

とにかく人で溢れているから、並んで歩いていても普段のような会話が成り立たない。

「シンガポール料理はよく知らないので、とりあえず見て歩いてもいいですか?」

「ああ」

軽くうなずいた彼が、さりげなく腰に手を添えてくる。

人混みに紛れないようにと、彼なりに気遣ってくれたのだろう。

ちょっとドキッとしたけれど、彼の優しい一面が垣間見えたようで嬉しい。

「どれも美味しそう……」

人の数も凄ければ、店の数も凄い。

間口の狭い店が通りの左右にずらりと並んでいて、料理に目移りしてしまう。

行列ができているせいで、どんな料理か確認することすら難しい店もある。

人が群がるのは美味いからだ。

初めて訪れた国で初めて食事をするのだから、どうせなら美味い料理を食べたい。

とはいえ、いろいろな料理を味わってみたい思いも強い。

行列に並んでしまうのは時間の無駄にも感じた。

「おすすめってありますか?」

「一番のおすすめはサテーだな。肉はもちろんだが貝も美味い」

そう言ってリシャールが指さした先に視線を向ける。

店先で串に刺した肉や海老《えび》を焼いていた。

焼き鳥みたいなものだろうか。

舌が肥えている彼がすすめるのだから、そそられないわけがない。

「じゃあ、最初はサテーにしましょう」

「私が買ってくるから、君はそこのテーブルで待っていてくれ」

「えっ？　一緒に行きます」

「先にテーブルを確保しておかないと、あとで困るんだ」

彼に行かせるなんてできないと思ったけれど、説明を聞いて納得した。

ここはファストフード店と同じシステムなのだ。

これだけ混雑しているのだから、料理を買ったはいいが席がないという最悪の状況になりかねない。

「そこでおとなしく待っているんだぞ」

「はい」

椅子に腰掛けた柊哉は、人混みの中を進んでいく彼を見つめる。

「まったく……」

まるで子供に言い聞かすような口調だった。

もう二十五歳になるのだから、たとえ興味が引かれるものがあったとしても、ちょろちょろと動いたりしない。

昨夜のガレットも合格点がもらえなかったし、彼からしたらまだまだ半人前にしか見えないのだろう。

「まっ、確かに昨夜のガレットは失敗だったからしかたない」

昨夜のディナーを思い出し、ひとり苦笑いを浮かべる。

ガレットは軽食であり、シンプルな食材を使う。

けれど、フルコースの中のメニューということにこだわった柊哉は、フォアグラとトリュフを使ってしまったのだ。

ディナーでは高級食材を使って料理を作るため、ガレットだけ別枠にできなかった。

いまとなれば、それが大きな間違いだったのだと理解できる。

ガレットそのものが美味しくても、軽食の括《くく》りを逸脱したガレットは、もはやガレットではない。

「はぁ、難しい……」

船に戻ったら、またメニューのことで頭を痛めそうだ。

「はあ、いい匂《にお》いだなぁ……」

漂ってくる香辛料の強い香りに、腹の虫が鳴き始める。

せっかく食事に誘ってもらったのに、落ち込んでいる場合ではない。

屋台村は息抜きをするにはもってこいの場所だ。

まずは、初めてのシンガポール料理で腹を満たそう。

「待たせたね」

リシャールが両手に皿を持って戻ってきた。

「うわぁ……」

テーブルに置かれた皿を眺め、ゴクリと喉を鳴らす。

「鶏と牛と貝のサテーだ。これはダックライスで私も食べるのは初めてだ」

料理の説明をしてくれた彼が、さっそくサテーに手を伸ばす。

「いただきます」

柊哉もサテーから手に取った。

漂う甘辛い匂いが、どこか懐かしい。

「どうだ？」

「美味しいです。こんな複雑な味が出せるのは本場ならではなんでしょうね」

味付けがしっかりと施された小さな肉片は、噛みしめるほどに旨味《うまみ》が増してくる。

幾つもの香辛料が織りなす味わいは、長く受け継がれてきた伝統のなせる技なのだろう。

「そう、その国に行ってその国の料理を食べるから美味い。本場の味には絶対に敵《かな》わないと私は思っている」

そう話してくれたリシャールが、二本目のサテーを手に取る。

「本場の味を完全にコピーできると思うか？」

「限りなく近づけることはできそうな気がしますが、完全にと言われたら……」

柊哉は言葉を濁し、サテーに齧《かぶ》り付く。

「これはあくまで私の考えでしかないが、完全にコピーすることはできないし、コピーする必要はないんじゃないかな。どこかの店で食べたような味ならば、あえて次も足を運ぼうとは思わないだろう？　だから、本場のフレンチにこだわらず、日本人の君が作るフランス料理を確立させればいいのではないか？」

柊哉は噛んでいた肉をゴクンと飲み込んだ。

彼の言葉に目から鱗《うろこ》が落ちた。

フランス料理の基礎を学び、本場の味を再現しようとしてきたけれど、所詮《しょせん》は真似《まね》た料理でしかない。

「僕の料理には自分らしさが欠けているんですね」

「そうだな。君が作ったと言わなければ、他のシェフが作った料理だと思うかもしれない」

辛辣なことをあっさりと言ってのけた彼が、ダックライスを食べ始める。

世に名前が知られるシェフが作る料理の味は、個性が際立っているのだろう。

客はその味に魅了され、虜《とりこ》になり、足繁く店に通うようになる。

自分はずっと二番煎《せん》じの料理を作ってきたのだ。

彼の言葉のひとつひとつが身に染みる。

リシャールは本場のフランス料理にこだわる自分に、考える時間を与えるため食事に誘ってくれたのかもしれない。

「ありがとうございました。食べただけで僕が作ったとわかる料理……そんな料理が作れるよう頑張ります」

気合いを入れて宣言したのに、なぜか彼はにやにやしていた。

「なにか変なことを言いましたか？」

不安になって訊ねると、彼は小さく首を横に振った。

「いや、少しは成長したなと思ったら、嬉しくなっただけだ」

「少し……なんですね……」

微妙な褒め言葉だから複雑な気分だ。

でも、彼とこうして話をしなければ、この先も気がつかないまま本場の味を追い求めていただろう。

「これ、美味いぞ」

彼がダックライスを勧めてくる。

炊いたインディカ米に飴色のローストダックが載っていて、こってりとした褐色のソースがかかっている。

まずは大胆にカットされたダックから味見をすることにした。

大きな切り身を頬張った柊哉は、パリパリに焼けたダックの皮と、柔らかな肉の融合に驚かされる。

脂を落としたダックと、濃厚なソースが相まって、とにかく美味しい。

まだ食べている途中だというのに、他の店の料理に目が行ってしまう。

サテーとローストダックでこれだけ感激したのだから、まだ山ほど美味い料理があるに違いない。

「次は麺《めん》を食べてみるか？」

「いいですね」

柊哉が笑顔で答えるや否やリシャールが席を立ち、足早にその場をあとにした。

「けっこうフットワークが軽いんだ」

いつも紳士然としている彼からは、まったく想像ができなかった。

でも、楽しそうな彼を見ていると、こちらも楽しい気分になってくる。

柊哉は賑《にぎ》わう屋台村で本場の料理に舌鼓《したつづみ》を打ちながら、考える時間、そして、息抜きする時間を与えてくれたリシャールに心から感謝していた。

＊＊＊＊＊

屋台村で充分すぎるほどの料理を堪能《たんのう》した柊哉は、リシャールに誘われるまま近くの市場を訪れていた。

生鮮食品を扱う市場なのだが、それ以外に香辛料、乾物、雑貨などを扱う店もあり、屋台村同様に人が溢れている。

まずは勉強のため生鮮食品売り場へと足を進めた。

魚や肉、野菜、果物が山のように積まれていて、間近で見ると圧倒される。

日本では見かけない魚に興味を示すと、英語が堪能なリシャールが店員との通訳になってくれた。

シンガポールではフランス語は通じないため、英語が苦手な柊哉はリシャールに頼るしかないのだ。

「そういえば、厨房にある食材ってどこで仕入れているんですか？」

行き交う人々を避けて進みながら、並んで歩くリシャールを見上げる。

「定期的に寄港先で仕入れている」

「じゃあ、ここで買っていってもいいんですか？」

「新鮮な食材を使いたい気持ちは理解できるが、検疫があるので面倒なのだ」

「そうなんですね」

柊哉ががっくりと肩を落とす。

彼は明確にダメとは言わなかったけれど、改めて確認するまでもない。

どの国でも検疫は厳しく行われている。

正式なルートを使えば豊富な食材が手に入るのだから、面倒なことはしたくないだろう。

珍しい魚を使って料理を作りたいと思っただけで、彼に迷惑をかけたいわけではない。

「乾物や香辛料くらいなら大丈夫だぞ、興味があるのだろう？」

「ちょっと見てきてもいいですか？」

「では、私はこのあたりで待っていよう」

「ありがとうございます」

柊哉はぺこりと頭を下げ、生鮮食品売り場とは反対側の売り場に足を踏み入れた。

とくに興味があるのは香辛料だ。

英語は話せなくても、香辛料くらいであれば購入できるだろう。

「すごいなぁ……」

小洒落《こじゃれ》た容器に入った少量の香辛料など皆無だ。

基本が量り売りで、百グラム単位になっているようだ。

百グラムはたいした重さではないけれど、乾燥している香辛料となると大容量になる。

試し買いをするにしても、慎重にならざるを得ない。

「調味料もあるのか……」

香辛料を見ている途中で、棚に並んでいる瓶詰めの調味料に気づいた。

「瓶詰めは持ち出せるのかな？」

『お兄さん、日本人かい？』

店主らしき高齢の女性が、イントネーションが少しだけ微妙な日本語で声をかけてきた。

救いの女神登場。

日本語が話せる人と遭遇するなんて奇跡に思えた。

『すみません、これってシンガポールから持って帰れますか？』

『お土産《みやげ》かい？』

『ええ、持って帰れるならいろいろ買っていこうかなと思って』

『もちろん持って帰れる。まとめて買ってくれるなら安くしとくよ』

『ホントですか』

柊哉は小躍りしたい気分だった。

船を下りる前にリシャールから、なにかあったときのためにと言って、シンガポールドルで百五十ドルを渡された。
日本円に換算すると、一万円ちょっとくらいらしい。
調味料の小瓶は、一、二ドルだから、余裕でたくさん買える。
使った分はあとで精算してもらえばいい。
『おすすめの調味料を五種類選んでくれませんか?』
『お安いご用だよ』
店主が棚に並んでいる調味料を次々に手に取る。
ラベルを見ただけでは、なんだかさっぱりわからない。
ここでは味を確かめることもできそうにないから、店主のすすめを信じることにした。
船に戻ってから、インターネットで調味料のことは調べればいい。
『この五種類は、どの家庭にもほとんど置いてあるんだよ』
『じゃあ、それをください』
日本の醤油《しょうゆ》、味噌《みそ》、みりんなどに該当するのだろうか。
一般的な調味料であれば、隠し味に使えそうだ。
『はい、五ドルね』
『五、五ドルでいいんですか?』
『安くするって言っただろう』

『ありがとうございます』

ショルダーバッグのポケットに入れたシンガポールドルの紙幣から五ドル札を探し出し、女性に差し出す。

『ありがとうね、これはおまけだよ。からーいソース』

『わあ、ありがとうございます』

礼を言って店を離れた柊哉は、ウキウキ気分でさらなる奥へと足を進める。

通路も広くて見通しがよかった生鮮食品売り場と異なり、こちら側は小さな店がひしめいていて人とすれ違うのさえ大変だ。

「あんまり待たせたら悪いよな」

あちらこちら見て回っていた柊哉も、リシャールが気になってきた。

調味料は手に入れたのだから、このくらいにしておこう。

そう思って来た道を戻り始めた。

「あれ？」

真っ直ぐに進めば、調味料を買った店の前に出るはずなのに、景色がまったく違う。

「そうか」

通路を一本、間違えてしまったようだ。

先ほどいたところまで戻ってやり直そうとしたが、またしても見たこともない場所に出てしまう。

「えっ？　なんで？」

迷子になった。

そう思ったとたん、さーっと血の気《け》が引いていく。

早くリシャールを探さなければ。

「すみません、背の高い白人男性を見ませんでしたか？」

暇そうにしている店員に片っ端から声をかけていくが、フランス語がわからない彼らは肩をすくめるだけだ。

パニックになっているから、簡単な英語すら頭に浮かんでこない柊哉は、フランス語でわめきながら市場を走り回る。

言葉が通じない不安を感じたのは、生まれて初めてのことだ。

「そっか……」

調味料を買った店の店主は、日本語を話せた。

とにかくあの店を探そう。

「どうなってるんだよ？」

まるで迷路の中に放り込まれたかのようだ。

進んでも戻っても違う場所に出てしまう。

自分が行きたい方向に進めない。

このままリシャールと会えなかったら、自分はどうなってしまうのか。

恐怖すら覚えて涙がにじんでくる。

「もう、どっちに行けばいいんだ……」

調味料が入った袋を抱えた柊哉は、半泣き状態で途方に暮れた。

「シュウヤー！　シュウヤー！」

遠くから自分を呼ぶ声が聞こえる。

あの声は間違いなくリシャール。

やっと出会えた。

「はぁ……」

安堵のあまり口をぽかんと開けたままその場に佇《たたず》む。

「シュウヤ、大丈夫か？」

血相を変えて駆け寄ってきたリシャールを目にしたら、反射的に抱きついていた。

あふれ出した涙が止まらない。

大人げなく、声を出してわんわん泣いた。

「すまなかった。初めての場所なのだから、ひとりで行かせるべきではなかった」

優しく抱きしめ、背をさすってくれる。

なにを言われても素直に受け止める覚悟をしていた。

それなのに、彼は真っ先に自らの非を詫び、柊哉を落ち着かせようと宥《なだ》めてくれる。

叱《しか》るでもなく、呆れるでもなく、からかうでもない。

なんて彼は優しいのだろう。

「僕のほうこそすみませんでした。これからは気をつけます」

しばらくして落ち着きを取り戻した柊哉が詫びると、彼はもういいのだと言いたげに微笑み、涙に濡れた頰を指で拭ってくれた。

「ずっとこうしていれば、君とはぐれることもなかった」

そう言って腰に手を添えてきた彼を、涙に濡れた瞳で見上げる。

醜態を晒《さら》したあとだから、こんなふうにして歩くのは気が引ける。

でも、もう二度と彼とはぐれたくない柊哉は、素直に身を任せた。

「船に戻ろう」

彼に促され、小さくうなずき返す。

ふとあたりに目を向けると、何人もの野次馬に囲まれていた。

いい年をして外国で迷子になり、そのうえ大泣きしたのだ。

それをずっと見られていたのかと思うと、消え入りたいほど恥ずかしい。

(早くいなくなってくれないかなぁ……)

胸の内の願いはすぐに叶えられる。

騒ぎが収まって興味を失った野次馬は、蜘蛛《くも》の子を散らすように去って行ったのだ。

何事もなかったように、リシャールが歩みを進める。

彼は腰に軽く手を添えているだけなのに、信じられないほどの安心感があった。

再会できて本当によかったと心から思う。

「朝から食べ過ぎてしまったな。今夜のディナーは軽めでよさそうだ」

市場を出たところでリシャールがようやく口を開いた。

黙って歩く彼に誘《いざな》われているあいだに、すっかり気持ちも落ち着いてきた柊哉は、小首を傾げて見上げる。

「フルコースでなくていいということでしょうか？」

「ポトフとパンを頼む」

「はい」

素直にうなずいた柊哉は、小さく息を吐き出す。

大泣きしたのが嘘のように、心の平静が保たれている。

リシャールが迷子になったことに、まったく触れてこないからだろう。

幾度となく彼を感じが悪いと思ったけれど、厳しいだけでなく優しさを持ち合わせている。

その優しさはうわべだけのものではない。

そうでなければ、迷子になった自分をあんなに心配してくれないはずだ。

意外にも饒舌《じょうぜつ》で、楽しいリシャール。

彼と一緒にいる楽しさを知った柊哉は、早く合格点がもらえる料理を作ろうと、改めて心に誓っていた。

第十章

ヨットに戻ってひと休みした柊哉《しゅうや》は、ポトフを煮込んでいるあいだに、発酵を済ませたパン生地を成形していた。

ポトフはフランスの代表的な家庭料理だから、リクエストしてもらえたのが嬉《うれ》しい。

日本のおでんに相当するポトフは、まさに母親の味でもある。

母から子へと受け継がれていく家庭の味は、どうあがいても柊哉には再現できない。

それなのに、これまでは無理にでも再現しようとしてきた。

リシャールの話を聞かなければ、この先も同じことをしていたはずだ。

けれど、今は違う。

真似《まね》るのではなく、自分らしい味を確立させる。

だから、レシピノートを参考にして料理を作るのをやめた。

自分の舌と感性を信じようと決めたのだ。

「シュウヤ、ちょっといいかしら」

マリーが厨房に姿を見せた。

「なんでしょうか?」

「料理ができたらムッシュの部屋まで運んでくださる？」

調理台に広げた両手をつき、こちらに身を乗り出してくる。

「部屋で召し上がるのですか？」

「普段の彼は食事は部屋でとっているの。毎晩のようにフルコースなんてここ最近のこと」

「そうだったんですか」

初めて知る事実に、柊哉は目を瞠《みは》る。

リシャールはディナーで欠かさずフルコースを食べているのだと、いまのいままで信じて疑わなかった。

「船長や寄港地で知人を招いたときはメインダイニングを使うけれど、ひとりなら自分の部屋で食べたほうが気が楽でしょう」

そう言って調理台から両手を下ろしたマリーが、にっこりと笑う。

「わかりました」

「料理を運ぶときはエレベーターを使ってね」

「は、はい……」

「よろしくね」

笑顔で言い残し、マリーは姿を消した。

彼女は妖艶《ようえん》すぎて、秘書と言われてもピンとこない。

まあ、それでもリシャールが秘書と言い切ったのだから、それを信じるだけだ。

「エレベーターがあったんだ……」

教えられるまで気がつかなかった柊哉は、ひとり苦笑いを浮かべる。

よくよく考えれば、これだけ豪華なヨットなのだから、エレベーターのひとつくらい設置されていて当然だ。

日常的には階段を使えばいいけれど、料理を運ぶともなればエレベーターがあるのは有り難かった。

「それにしても、どうして……」

その場で彼女を見送った柊哉は、ひとりつぶやきパン作りに戻る。

契約を交わす際に、リシャールからディナーはフルコースでと要求してきた。

「料理の腕を試そうとしたのかな？」

それくらいしか理由が思い当たらない。

「ということは……」

ディナーに家庭料理をリクエストしてきただけでなく、自分の部屋で食べるという。

これまでの習慣に戻したということは、テスト期間が終了した可能性がある。

「でも……」

まだどの料理も合格点をもらえていない。

それは、彼が料理に満足していない証《あか》しだ。

「久しぶりに部屋で食べたくなっただけかも……」

下船して歩き回ったし、朝から屋台村で料理を満喫したから、夕食を部屋で軽くすませたいだけかもしれない。

「ポトフが気に入ってもらえれば……」

なんとしてでもリシャールから合格点をもらいたい。

彼に料理を褒めてもらいたい。

勉強をする機会まで与えてくれた彼の期待に応えたい。

「もっともっと頑張らなきゃ」

料理に対する意欲がどんどん湧き上がってきた柊哉は、自らに気合いを入れてパン作りに励んでいた。

＊＊＊＊

夕刻から始めた仕事が一段落し、リシャールは自室のソファでワイングラスを片手に寛《くつろ》いでいる。

飲んでいるのは自分のワイナリーで醸造した白ワイン。

ディナーにポトフをリクエストしたから、食前酒代わりに白ワインを選んだ。

「あんな顔をされたら……」

柊哉の泣き顔が脳裏に焼き付いて離れない。

市場でいくら待っても戻ってこない彼を心配したが、ここで待っていると言ったからには離れるわけにはいかないとしばらく我慢した。

けれど、待てど暮らせど彼は姿を現さない。

世界のどこに行っても、絶対に安全といえる場所などないから、不安ばかりが募った。

誰かにさらわれてしまったのではないだろうか。

強盗と遭遇して大怪我《おおけが》をしているのではないだろうか。

いてもたってもいられなくなり、彼が最初に足を向けた通路に行ってみた。

するとどこからともなく彼の声が聞こえてきたのだ。

彼は自分を探しているのだとわかった瞬間、声がした方向へと走り出していた。

ようやく見つけた彼は、涙に頬《ほお》を濡《ぬ》らしていたばかりか、体当たりするように抱きついてきた。

よもや迷子になっていたとは考えも及ばなかったけれど、呆《あき》れたりはしなかった。

もちろん、市場に連れてきたのは自分なのだから、彼に怒りなど覚えるわけがない。

それどころか、泣きながら震えている柊哉に、愛《いと》おしさを感じたくらいだ。

「あれは反則だよな」

人目もはばからず泣きじゃくる彼を思い出し、リシャールは目を細める。

ただでさえ可愛らしい顔立ちをしているのに、涙にぐしゃぐしゃになった顔を見せられたらほうっておけるわけがない。

負けん気が強い彼は、同じ料理を繰り返し作らされても、文句のひとつも口にすることがない。

気丈に頑張る彼の心意気や情熱、他人の言葉に真摯《しんし》に耳を傾ける姿には、いつも感心してきた。

だからこそ、迷子になって泣いている彼を目にし、そのギャップに思わず胸がざわついたのだ。

「うーん……」

リシャールはワインを飲むでもなく、ただグラスを揺らして弄《もてあそ》びながら、見るともなく遠くを見つめる。

柊哉に興味を募らせている自分が不思議でならなかった。

「来たか……」

ノックの音が響き、ワイングラスをテーブルに戻す。

「どうぞ」

ドア越しに声をかけると、柊哉がワゴンを押して入ってきた。

「お待たせいたしました」

コックコートに身を包んだ姿は、いつもの彼に戻っている。

迷子になってかなりショックを受けていたようだが、後を引いている気配はない。

「こちらのテーブルでよろしいですか？」

「ああ」

軽くうなずき返すと、彼がワゴンで運んできたガーリックトーストを盛り付けた籐《とう》の籠《かご》をテーブルに下ろした。

次に置かれた四等分に区切られた小ぶりの皿には、岩塩、粒胡椒《つぶこしょう》、マスタード、ピクルスが入っている。

さらにワインクーラー、グラス、カトラリーをテーブルに並べていく。

ワゴンに残したキャセロールの蓋《ふた》を開け、まずは肉と野菜を平皿に盛り付け、スープは別ボウルに注いだ。

「失礼いたします」

柊哉が皿とボウルをリシャールの前に置き、ワゴンの脇で姿勢を正す。

ポトフはシンプルだからこそ味の真価が問われる料理であり、簡単なようで難しい。

「いい香りだ」

率直な感想を口にすると、彼がふっと嬉しそうに笑った。

最高に愛らしい笑顔を見てときめきを覚える。

こんな感覚を味わったのは、いつ以来のことだろうか。

「座ってワインでも一緒にどうだ？」

「ありがとうございます」

丁寧に頭を下げて向かいに腰を下ろした彼が、ハッとした顔で見つめてきた。

「あの……グラスが……」

「ああ、後ろの棚に入っているから、出して使ってくれ」

「はい」

静かに立ち上がってグラスを取ってきた彼は、再びソファに腰掛ける。

「なぜ白ワインにしたんだ？」

ワインクーラーから取り出したボトルの底をナフキンで覆ったリシャールは、二つのグラスにワインを満たしていく。

「ポトフは牛肉を使っていますが、さっぱりとした煮込み料理なので、白ワインのほうが相性がいいと思いました」

「なるほど。ようやくワインがわかってきたようだな」

「間違っていなかったんですね？」

「ああ、私はポトフが届くのを待つあいだ、これを飲んでいたんだ」

先ほどまで手にしていたワイングラスをちらりと見やる。

グラスに少し残った白ワインを目にした彼が、またしても顔を綻《ほころ》ばせた。

「君が選んだワインと銘柄も年代も一緒だ」

「本当ですか？　よかったぁ……」

柊哉の顔に、今度は安堵《あんど》の笑みが浮かぶ。

ワインに疎《うと》かった彼は、必死に勉強をしているようだ。

感心なことに彼は、乗船二日目にしてワインの勉強がしたいと言って本を借りにきた。

そんな意欲を見せられたら、直々《じきじき》に教えたくなる。

ワインを学ぶ時間を仕事の合間に設け、基本をみっちりと仕込んだ。

その後は独学でワインの知識を得たようで、今では料理に合ったワインを、彼なりにきちんと選ぶようになっている。

それにしても、こんなにも素直に感情が顔に出る青年だっただろうか。

理由はどうあれ、彼の笑顔を見ているとこちらも嬉しくなる。

「まずはスープからいただこう」

リシャールはスプーンですくった透明な液体を、ゆっくりと喉に流し込む。

熱すぎず、温《ぬる》すぎず、ちょうどいい温度だ。

ひとつまみの塩と胡椒を足してから、二口目を味わう。

「ああ、美味い。スープが胃に染み渡るようだ。いままで食べたポトフのスープで、一番のできかもしれないな」

初めての褒め言葉に喜ぶかと思ったのだが、彼は固まったように動かず、ただリシャールを真《ま》っ直《す》ぐに見つめてくるばかりだ。

「あ……あの……」

ようやく口を開いたかと思うと、彼がすっくと立ち上がった。

「ありがとうございます。嬉しすぎて鳥肌が立ちました」

嬉しさと照れが混じったような表情を浮かべた彼が、深々と頭を下げる。

「ガーリックトーストを浸すとよりいっそう旨味《うまみ》が増すな」

「今朝、市場で買ったナンプラーを、スープにほんの少し入れてみました」

「ナンプラー？　あの独特の香りも味もしないが？」

リシャールは訝《いぶか》しげに柊哉を見返す。

自分の味覚には自信があるつもりだ。

ナンプラーが入っていたら、気づかないわけがない。

訝しがるリシャールを見た彼が、ふっと口元を緩める。

「入れたのは本当にごく少量なんです。でも、味見をしたらスープのコクが格段に増して、これだ！　って確信したんです」

嬉々《きき》としている彼に、白旗を揚げたい気分だった。

「一筋の光を見つけたようだな」

「はい。これからも頑張ります」

彼の声には、これまでにない張りがある。

挑戦し、それが成功した喜びが大きいのだろう。

「あの……」

「なんだ？」

皿に盛られた肉にナイフを入れていたリシャールは、いったん手を止めて神妙な面持《おもも》ちの彼を見返す。

「お食事が終わるまで、僕はここにいたほうがいいんでしょうか？」

「用でもあるのか？」

「市場でいろいろな調味料を買ったので、試してみたいんです」

彼は意欲に溢《あふ》れかえっている。

こんなにも魅力的な表情を見るのは初めてだ。

心の底から料理が好きなのだろう。

どんどん彼に魅了されていく。

これまで以上にやる気を出している彼を、引き留められるわけがない。

「勉強熱心だな。下がってかまわないぞ」

「申し訳ありません、失礼させていただきます」

改めて深く頭を下げた彼が背を向ける。

「あっ……」

「どうした？」

急に振り返ってきた彼を驚きの顔で見つめた。

「明日の朝食ですが……」

「もちろんガレットだ」

間髪を入れずに答えると、彼が小さく笑った。

「承知しました！」

彼は元気よく返事をし、急ぎ足で部屋を出て行く。

明るい声が響いていた部屋が、瞬《また》く間に静寂に包まれる。

ひとりで過ごすことを好んできたけれど、柊哉がいないいまは寂しさを覚えた。

久しぶりに味わう感覚だ。

けれど、寂しがっている場合ではない。

最高に美味《うま》いポトフが冷めてしまう。

「明日が楽しみだな」

マスタードをつけた柔らかな肉を味わいながら、明日の朝食に思いを馳《は》せる。

まだ、たったひとつの料理だけではあるけれど、彼は自分の味を見いだした。

それは確かな自信に繋《つな》がるはずだ。

毎日のようにガレットをリクエストされて辟易《へきえき》していただろうが、明日の彼は意気揚々と作るに違いない。

朝食にどんなガレットが出てくるのか、いまから楽しみでならない。

ガーリックトーストをスープに浸したリシャールは、ようやく出会えた最高に美味いポトフを、じっくりと堪能《たんのう》していた。

第十一章

シンガポールを出航して五日目。

次の寄港地を目指して大海原を進むヨットで、柊哉は料理に明け暮れている。

船上での生活にも慣れ、ニコルとジョルジュ以外のスタッフとも交流を持つようになり、忙しいけれど日々は充実していた。

リシャールから料理を初めて褒められたあの日から、本当に料理が楽しくてしかたなく、自然と厨房にいる時間が増えている。

最初はリシャールとの相性が悪そうで、専属シェフの仕事を得たものの、どうなることかと心配でたまらなかった。

けれど、ひとつ屋根の下ではないけれど、ヨットという限られた空間で生活を共にしていくうちに、彼を見る目がどんどん変わっていたのだ。

今では彼のために料理を作れることが嬉しく、彼に喜んでもらえる料理を作るために試行錯誤している。

褒められれば天に昇り、ダメ出しをされれば落ち込みもするが、リシャールのために料理をしたいという思いは強まっていくばかりだった。

昼食までの時間を潰すため、柊哉は厨房でディナーのメニューを考えている。

ポトフで念願の合格点をもらってからは、特別な日を除いてディナーはフルコースではなくなった。

少なめの前菜とスープ、それにメインが一品というプチコースに変更されている。

フルコースのメニューを考えるよりは、断然、楽になった。

とはいえ、メインが一品だからこそ、頭を悩ませるのだ。

「どうしようかなぁ……今夜はメインダイニングでのディナーだし……」

腕組みをして考える。

実は作りたい料理が多すぎて困っているのだ。

「シュウヤ、お昼ご飯まででしょう？」

陽気な声をあげて厨房に現れたニコルが、皿を持って歩み寄ってくる。

「タルトを焼いたのよ、一緒に食べない？」

「タルト？　昼ご飯に？」

柊哉が眉根を寄せると、彼女が持ってきた皿を調理台に下ろした。

「焼きたての鴨肉《かもにく》のタルトよ」

「ああ、そういうことか」

デザートだと決めてかかっていた柊哉は、納得してうなずく。

「美味《おい》しそうに焼けたでしょ？」

「うん、いい匂《にお》い」

さっそく彼女がタルトにナイフを入れ、皿に取り分けてくれる。

オーブンから出したばかりのタルトは、ほんのりと湯気が上がっていた。

ニコルは腕のいいパティシエだが、もともとは料理人を目指していた。

だから、ジョルジュのアシスタントも兼ねているのだ。

「うーん、美味しい」

しっとりとしていて、なおかつコクがある鴨肉に、サクッとしたタルト生地がよく合っている。

さすがにいっときとはいえ、料理人を目指していただけのことはある。

「でも、どうして急に鴨肉のタルトを焼いたの？」

「なぜかわからないけど、無性に甘くないタルトが食べたくなるときがあるのよ。で、そんなときはこっそり焼いちゃうの」

「向こうのメニューに入れればいいじゃない」

こっそり焼くくらいなら、スタッフたちの食事として出せばいい。

これだけ美味しければ、みんな喜んで食べるはずだ。

「えっ？　あっ、そうよね。なんで思いつかなかったのかしら。やーだ、馬鹿みたい」

本当に言われて初めて気がついたらしく、ニコルが声高に笑う。

「シュウヤ、いるのか？」

突如、メインダイニングから響いたリシャールの声に、柊哉はニコルと顔を見合わせる。

「これ隠して」

パイが載った皿や、取り皿を調理台の下に隠すため、二人でしゃがみ込む。

勢い余って、ニコルに肘鉄《ひじてつ》を食らわせてしまった。

「あっ、ごめん」

「大丈夫よ」

慌ただしく証拠隠滅をすませ、何食わぬ顔で立ち上がった。

「ホントに大丈夫？」

「大丈夫だって」

こそこそ話しているところに、長袖シャツに細身のパンツを合わせたリシャールが入ってくる。

「休憩中にすまないが、ちょっといいか？」

「はい」

自分から厨房に顔を出すなんて珍しい。

なにか緊急の用事だろうか。

「今夜は遅くまで仕事をしなければならないんだ。夕食のあとにリエットを用意してくれないか」

「何時にお持ちすればいいでしょうか？」

「時間外ですまないが、十一時に届けてくれ」

「わかりました」

リシャールは用をすませると、すぐに立ち去ってしまった。

いつもと雰囲気が違っていたような気がする。

「どうかした？」

「いや、べつに……」

きっと思い過ごしだ。

夜まで仕事をするくらいだから、忙しくて疲れているのかもしれない。

「これ、向こうに持っていっちゃっていい？」

「いいけど、そもそもなんで隠したの？」

ニコルが焼いたパイなのだから、リシャールに見られたとしても、なにも困ることもないはずだ。

咄嗟《とっさ》に彼女の手伝いをしてしまったけれど、隠す理由が思い当たらなかった。

「ムッシュにつまみ食いしているところを見られたらまずくない？」

「つまみ食いくらいで怒らないと思うけどね」

リシャールのことだから、美味そうな鴨肉のタルトを目にしたら、怒るどころか試食させろと言いそうな気がする。

「それもそうね。まっ、いいじゃない。残業、頑張ってね」

タルトを載せた皿を持ったニコルが、柊哉の肩をポンと叩き厨房を出て行く。

彼女は物事をあまり深く考えないタイプのようだ。

「ストレスとは無縁そう」

お気楽なニコルを笑いつつ、皿に残っている鴨肉のタルトを頬張《ほおば》る。

「鴨肉って、やっぱりいい味してるよなぁ……」

鴨肉の美味さを再認識しつつタルトを食べ終えた柊哉は、皿をシンクに置いて冷凍庫に向き直った。

「リエット、得意だから嬉しい」

リシャールからリクエストしてもらえるのは嬉しい。

それが得意料理ならなおさらだ。

リエットは使う肉の種類で、味が大きく変わってくる。

「いい鴨肉があるし、鴨のリエットにしてみようっと……」

リエットの主材料は決まったが、夕食のメインがまだ決まっていない。

夕食後に鴨のリエットを出すなら、メインは魚料理にしたほうがよさそうだ。

「魚はなにがいいかな……」

仕事が増えて楽しさが倍増した柊哉は、鼻歌交じりに冷凍庫に保存している魚を確認していた。

＊＊＊＊＊

ディナーを終えてすぐ自室に戻ったリシャールは、ソファに座りひとり悶々《もんもん》と過ごしている。

メイン料理は好物のブイヤベースだったというのに、まったく味わえないまま食べ終えてしまった。

いまでは日課になっている、食後に柊哉と交わす会話も楽しめず、早々にメインダイニングを後にしたのだ。

「はぁ……」

大きなため息をもらし、背もたれに後頭部を預けて天井を凝視する。

楽しめなかった理由はわかっていた。

昼間、ニコルと楽しそうに話している柊哉を目にしてから、突如として湧き上がってきた嫉妬心《しっとしん》と、抑えきれない彼への恋心に振り回されているのだ。

彼らは気づいていないようだったが、メインダイニングに足を踏み入れたときから、二人の姿は目に入っていた。

ニコルやジョルジュと上手《うま》くやっているのは知っていたから、最初は気にもしなかった。

けれど、笑顔で話をしている二人を見ていたら、ある疑念が浮かんできたのだ。

二人の距離はごく近く、ときおり顔を見合わせて笑っていた。

至近距離で見つめ合う二人は、思いを寄せ合っているように感じられてならなかった。

そのあたりから、苛々《いらいら》が高じてきた。

柊哉と仲睦《なかむつ》まじくしているニコルが、憎らしくすら思えた。

ニコルに嫉妬した自分に呆れると同時に、柊哉に強く惹《ひ》かれている自分に気づいた。

同性に惹かれても驚きはしない。

巨大な海運会社の次男として生まれたリシャールには、五つ違いの兄がいる。

父親の後を継ぐのは兄であり、彼の前には生まれたときから社長の座へと続くレールが敷かれていた。

けれど、次男のリシャールの前にはレールすら敷かれていない。

生まれたときから自由を手に入れていたのだ。

悪事さえ起こさなければ、咎《とが》められることもない。

学生時代から派手に遊び、まさに自由奔放《ほんぽう》に生きてきた。

恋愛に関しても自由を貫き、同性から言い寄られても、迷うことなく相手をした。

けれど、自分から男を口説《くど》いたことはない。

ようするに、男に恋心を抱いたのは、柊哉が初めてなのだ。

口説き方に迷うだけならまだしも、どう見ても彼はノーマルだから悩みはつきない。

「ああ、もうこんな時間か」

頭を切り替え、仕事用のデスクに向かう。

リシャールの主な仕事は投資だ。

父親の遺産で始めた投資が成功し、瞬く間に資金が倍増した。

投資にはリスクが伴うが、いまのところ失敗はない。

瞬く間に膨らんだ資産は分散してあり、仮に大失敗を犯しても傷は浅くてすむようになっている。

投資のいいところは、ひとつの場所に留《とど》まっている必要がないことだ。

パソコンを操作でき、電話で話ができればいい。

だから、長期の船旅でも仕事は滞りなく行えるのだ。

ただ、時差だけはどうにもならないから、深夜に仕事をすることになるのだ。

現地のスタッフと連絡を取り、送られてきた膨大な資料を読み解き、新たな投資先とすべきかを判断する。

「ありがとう。では、また明日」

パソコンのモニターを凝視しつつ電話を終えたリシャールは、ぐっと背筋を伸ばしてから立ち上がる。

「リエットをお持ちしました」

ノックのあとに聞こえてきた柊哉の声に、ひと息つこうとしていたからにわかに慌てた。

メインダイニングから厨房にいる柊哉とニコルを見て心を乱したリシャールは、そのまま引き返そうかと考えた。

けれど、彼らの邪魔をしてやりたい衝動に駆られ、厨房に入っていったのだ。

大人げない振る舞いであることはわかっている。

いまとなれば、引き返しておけばよかったと、後悔の念しかない。

「どうぞ」

柊哉を追い返すわけにもいかず、何食わぬ顔でソファに腰掛ける。

「まだお仕事中でしたか？」

「ああ、ちょっとひと休みしているところだ」

「そうですか。では、こちらに置いていきますね」

彼が運んできた銀のトレーを、そのままテーブルに下ろす。

陶器製の容器に詰められたリエット、薄くスライスしたバゲット、別の小皿にはピックが刺さった二色のオリーブ、さらにはブルーチーズまで用意してあった。

「ブルーチーズ、お好きでしたよね？」

「ああ」

「よかった」

柊哉が安堵の笑みを浮かべる。

「まだしばらく起きていますので、用があったら声をかけてください」

真っ直ぐに向けられる、いつもと変わらない笑顔。

どうしようもないほどの独占欲が、リシャールの胸の内で渦巻き始める。

「シュウヤ……」

「はい」

彼が笑顔で小首を傾《かし》げた。

些細《ささい》な仕草にすら心が躍る。

「美味そうだな」

「ああ言い忘れていました。本日は鴨のリエットをご用意しました」

柊哉が浮かべる苦笑いまでが愛おしい。

どうしたら、彼を手に入れることができるのだろう。

独占欲は高まっていくばかりだ。

「そういえば、ニコルと仲がいいようだな？」

リシャールはさりげなく探りを入れた。

彼とニコルが深い関係であるならば、諦《あきら》めがつくかもしれないと思ったのだ。

「ええ、彼女とは同い年なので気が合うんです」

「それだけか？」

彼が嘘をつくとは思えない。

ただ、公《おおやけ》にしたくない思いから誤魔化《ごまか》している可能性もあった。

「ええ、そうですけど」

他になにかあるのかと言いたげに、彼が困惑気味に笑う。

素直な彼は上手に嘘がつけるタイプではない。

彼にとってニコルは、仲がよいスタッフのひとりなのだろう。

「てっきり、ニコルと付き合っているのかと思ったよ」

「なに言ってるんですか、付き合ってなんかいませんよ」

「そうか、君たちがお似合いに見えたから勘違いしたようだ」

呆れたように言い返され、胸を撫《な》で下ろしたリシャールは一気に頬を緩めた。

彼の表情を見れば、ニコルに対してこれっぽっちの恋愛感情も抱いていないとわかる。

勝手な誤解だとわかったからといって、柊哉を手に入れられるわけではない。

それでも、チャンスが残っているのは喜ばしいことだ。

「お似合いって……そんなこと言ったらニコルが怒りますよ」

そう言う彼自身も、少し不満げに頬を膨らませている。

拗《す》ねた子供のような態度も、彼なら許せてしまう。

いや、彼だからこそ、それすら愛おしく思えてしまうのだ。

「本当に君は可愛いな」

ソファから腰を上げ、柊哉の顔を覗《のぞ》き込む。

慌てたように身を引いた彼が、急にどうしたのかと言いたげに見返してきた。

「シュウヤ……」

「あ……あの……」

彼が困ったように顔を逸《そ》らす。

ほんのり頬が赤く染まっている。

どこか恥じらっているような彼にそそられ、自分だけのものにしたいという衝動がどんどん強まってきた。

「あの、お仕事が……」

沈黙に堪《た》え兼ねたように口を開いた彼を、そっと抱き寄せ唇を塞ぐ。

「んっ……」

彼から短い吐息がもれた。

なんとも心地よい柔らかな唇。

我を忘れたリシャールは、夢中になって唇を貪《むさぼ》る。

「あっ……」

キスを終えて顔を見合わせたとたん、彼が大きく目を瞠《みは》ったまま口をパクパクさせた。

つぶらな瞳には困惑が色濃く浮かんでいる。

「すまない、つい……」

「し、失礼します」

さっと視線を逸らした彼が、あたふたと部屋を出て行く。

弁解すらさせてもらえなかったリシャールは、肩を落としてソファに腰を下ろす。

「私としたことが……」

衝動を抑えきれなかった己が恨めしい。

どれほど柊哉に焦がれていたとしても、段階を踏むべきだった。

本能に逆らえずキスしてしまったことが悔やまれてならない。

いきなりキスされた彼は、激しく混乱しているはずだ。

「せめて理由だけでも……」

柊哉を追おうといったんは腰を浮かせたが、すぐに座り直した。

どれほどの言い訳も通用しない。

彼は耳すら傾けてくれないだろう。

仕事を辞めると言い出してもおかしくない。

今すぐにでも下船したいと考えているかもしれない。

「はぁ……」

大きなため息をもらしたリシャールは、彼が作ったリエットをバゲットに塗り、しみじみと味わう。

リエットは完璧《かんぺき》に自分好みの味に仕上がっていた。

ふくよかで優しい味わいのリエット。

柊哉にしか出せない味だ。

「これで食べ納めか……」

苦々しく笑いながら、新たなバゲットにリエットを塗っていく。

慎重に行動しなければ、最悪の結果を招くことくらい理解していたはずだ。

それなのに、自分を抑制できなかった。

本気で恋しいと思う相手に出会ったのは久しぶりのこと。

年甲斐《としがい》もなく舞い上がってしまったようだ。

「シュウヤ……」

彼の笑顔を二度と見られないと思うと、胸が張り裂けそうになる。

失態を演じて改めて気づく、彼に対する強い恋心。

けれど、どれほど焦がれても、彼を手に入れることはできない。

「美味い……」

愛しくてならない柊哉が作ってくれたリエットを味わうリシャールは、取り返しがつかない行動に出てしまったことを激しく悔やんでいた。

第十二章

乗船して初めて眠れない夜を過ごした柊哉は、着替えをすませて部屋を出た。

仕事を始めるのには時間が早すぎる。

でも、部屋にひとり籠《こ》もっていたくなかった。

「はぁ……」

スタッフ用の食堂に向かった柊哉は、深いため息をついて遠くを見つめる。

昨夜からため息ばかりもらしていた。

心から尊敬し、憧れてきたリシャールから、いきなりキスをされたときの動揺がまだ残っていて、頭の中は混乱状態にある。

「なんで僕に……」

あのキスにはどんな意味があるのか。

なぜ彼はキスをしてきたのか。

いくら考えても答えは出てこない。

あれが挨拶のキスでないことくらいわかる。

彼は冗談でキスをしてくるようなタイプでもない。

そもそも、冗談なら本格的なキスなどしないだろう。

「キスって好きな人とするものだし……」

リシャールが自分に恋愛感情を抱いているならまだしも、それはあり得ないと思うから余計に悩む。

「あ……おはようございます」

廊下を曲がったところでマリーと出くわし、柊哉はぺこりと頭を下げた。

「ちょうどよかったわ。あなたの部屋に行くところだったの」

「僕の？」

「今日は朝食の用意をしなくていいわ」

「えっ？」

柊哉は顔を曇らせる。

食事を作らなくていいと言われたのは、乗船して初めてのことだ。

あまりにも急なことに胸がざわつく。

「朝食は外ですませると言って、さっき下船したの」

「お仕事ですか？」

「少し散歩してくるって言ってたわ。午後までゆっくりできるからよかったわね」

用件を伝え終えたマリーは、じゃあと微笑みその場をあとにした。

足早に去って行く彼女の後ろ姿を、柊哉は呆然《ぼうぜん》と見つめる。

次の寄港地には、朝のうちに到着すると聞いていた。

リシャールは停泊してすぐに下船したということか。

「なんで……」

朝食をいらないと言われたことに、柊哉は大きなショックを受けている。

あまりにもいきなりすぎて、受け入れられない。

散歩なら朝食のあとでもできるはずだ。

昨夜のリエットが口に合わなくて、もう自分が作る料理に飽きてしまったのだろうか。

リシャールのために料理を作るのが楽しくて、美味しいと言われるのが嬉しくて、毎日が充実していた。

けれど、自分が思っていたほどに、彼は満足してくれていなかったのかもしれない。

「まさか、もう僕の料理は……」

今後いっさい料理は作らなくていいと言われたらどうしよう。

もう彼のために料理ができないと思うと、激しく胸が痛んだ。

それに、厳しい彼のことだから、解雇を言い渡してくる可能性もある。

散歩とは言いながらも、実は新しい専属シェフを探しに行ったのかもしれない。

「クビになるかも……」

唐突に彼から料理を拒絶され、パニックになった柊哉の頭に最悪の事態が浮かぶ。

「そんなの嫌だ」

解雇されてしまったら、もうリシャールのために料理ができなくなるのだ。

そんなのは寂しすぎる。

もっと、彼のそばにいたい。

リシャールと離れがたい思いが湧き上がってきた。

「絶対に嫌だ」

柊哉は自室に駆け戻り、ショルダーバッグをつかみ取ると、ヨットの乗降口へと急ぐ。

後先を考えずにタラップを降りていくと、制服を着たアラブ人の男性が立っていた。

「パスポートを拝見します」

英語で声をかけられたが、さすがに理解できた。

入国審査があることを思い出し、ショルダーバッグからパスポートを取り出し、無事に許可を得た柊哉は、人で賑《にぎ》わっていそうな場所を探して歩く。

かなり気温が高く、半袖のシャツを着ていても、すぐに肌が汗ばんでくる。

ヨットで世界中を巡っているリシャールは、寄港先の気候くらい把握しているはずだ。

こんなじめっとした暑さの中を、あえて散歩するなど考えられない。

やはり、他に目的があって下船したのだ。

そして、その目的は新しいシェフを探すことに他ならない。

リシャールを見つけたら、解雇しないでほしいと直談判《じかだんぱん》するつもりだ。

まだすべての料理に合格点をもらっていない。

自分が作る料理を彼に認めてほしい。

なにより、彼のために料理がしたかった。

「早く捜さないと……」

ほどなくして、立ち並ぶホテルが見えてきた。

かなり栄えた港町のようだ。

誰かに訊《たず》ねるならば、人が多い場所のほうがいいだろう。

あたりを見回しながら、ひたすら足を進める。

ようやく繁華街に出た。

民族衣装を纏《まと》ったアラブ人、ビジネスマン、観光客らしき人々が行き交っている。

聞こえてくるのは英語とアラビア語ばかりで、理解できない柊哉は気後《きおく》れしてしまう。

それでも、リシャールに会いたい一心で勇気を振り絞る。

立ち話をしている白人男性に話しかけてみたが、フランス語が通じなかった。

手当たり次第、聞いて回るしかないと覚悟を決め、身振り手振りを加え、片言の英語で話してみたけれど、肩をすくめられておしまいだ。

街中を歩く人の多くはアラブ人だが、白人の男性もそこそこ見かける。

背が高くて見目麗《みめうるわ》しいリシャールは、白人男性の中でも目立つ存在だから、見かけた人が絶対にいるはず。

でも、彼の容姿を上手く英語で伝えられなければ、訊ねられたほうとしても答えようがないだろう。

「もう……」

お手上げ状態の柊哉は、足を止めて青空を見上げる。

「こんにちは、人を捜しているのかい？」

耳に届いた流暢《りゅうちょう》なフランス語に、ハッとした顔で振り返った。

白いアラブの服に身を包んだ若い男性が、柊哉に笑顔を向けてくる。

「フランス語が話せるのですか？」

「ああ、話せるよ」

「よかったぁ……」

胸を撫で下ろした柊哉は、安堵の笑みを浮かべる。

「捜しているのはフランス人なんだろう？　特徴を教えてくれないか？」

「えーっと……」

協力的なアラブ人に、リシャールの容姿を事細かに伝えていく。

今日は顔を合わせていないので、服装はわからない。

ただ、ジャケットを着ていることだけは確かだ。

下船するときは財布やパスポートを携帯しなければならないが、バッグを持ち歩く習慣がないため、内ポケットがあるジャケットが欠かせないのだと教えてくれたのだ。

「ああ、さっき似たような人がいたけど、君が捜している人かなぁ……」

「どこかで見かけたんですか？」

「見かけた場所に案内するから、ついて来なよ」

アラブ人にそう言われ、一瞬、迷いが生じる。

見知らぬ国で会ったばかりの人を、簡単に信用していいものだろうか。

「それほど遠くないよ」

人の良さそうな笑みを浮かべたアラブ人が、どうすると言いたげに見つめてくる。

「案内してください。お願いします」

意を決して柊哉は頭を下げた。

真摯に話を聞いてくれたうえに、案内を申し出てくれたアラブ人は、とても悪人には見えない。

それに、見知らぬ国とはいえ、街は洗練されていて危険な雰囲気は感じられなかった。

「観光で来たのかい？」

歩き出したアラブ人が、にこやかに訊《き》いてきた。

「いえ、そういうわけでは……」

「仕事？」

「いえ、船旅の途中で寄ったんですけど、ヨットの持ち主とはぐれてしまって……」

柊哉は歩きながら、苦笑いを浮かべる。

嘘をつくのは忍びないが、本当の理由を説明するのは大変だし、そもそも教える必要はないのだからしかたない。

「ヨットって、もしかして豪華客船みたいなスーパーヨットのことか？」

「スーパーヨットっていうんですね」

「そうそう、メガヨットとも言うけど、それで旅してるなんてすごいな。もしかして、捜してるフランス人がスーパーヨットの持ち主？」

「ええ……」

「相当な金持ちなんだろうなぁ……」

羨《うらや》ましそうにつぶやいたアラブ人が路地に入り、柊哉はにわかに不安を覚える。

急に人通りが途絶えただけでなく、かなり薄暗いのだ。

「あの、まだ歩くんですか？」

「そんな心配そうな顔しなくても大丈夫だよ。観光客は知らないけどここは近道なんだ」

さりげなく腕を摑《つか》まれ、一気に不安が増した。

嫌な予感がする。

体《てい》のいい理由をみつけてアラブ人から離れたほうがよさそうだ。

路地を通り抜けるのを待ち、広くて明るい道に出たところで、柊哉はアラブ人の手を軽く振り解《ほど》く。

「どうしたんだよ？」

アラブ人が機嫌を損ねたように、柊哉の腕を摑み返してくる。

「ありがとうございました。ここからは自分で捜します」

彼の手を払おうとしたが、逆に力任せに摑まれてしまう。

ハッとして彼の顔を見ると、人相がすっかり変わっていた。

背筋を冷や汗が伝い落ちる。

「いまさらなに言ってんだよ」

顔つきばかりか、口調までが一変したアラブ人を、頬を引きつらせて見返す。

「おまえをネタに、たっぷり身代金を稼《かせ》がせてもらうんだよ。おとなしくついてこい」

気味の悪い笑みを浮かべたアラブ人に、力尽くで引っ張られる。

彼を信じた自分が馬鹿だった。

余計なことをペラペラと喋《しゃべ》らなければよかった。

リシャールには迷惑をかけられない。

なんとしてでも、自力で逃げ出さなければ。

広い通りは閑散《かんさん》としているけれど、人っ子ひとりいないわけではない。

大声を出せば、誰か助けてくれるはずだ。

「助けてー、誰かー、助けて――――！」

咄嗟に出たのは日本語だった。

言語になどかまっている場合ではない。

危険を知らせることができればそれでいい。

「わめくんじゃない」

声を荒らげたアラブ人に手で口を塞がれ、反射的に肘鉄を食らわせた。

「ぐっ……」

まぐれながらも脇腹に命中し、彼の手が離れる。

隙をついて駆け出す。

「くそっ」

アラブ人がすぐさま追いかけてきた。

「誰かー、助けてー」

柊哉は叫びながら、脇目も振らずに走る。

リシャールに迷惑だけはかけたくない。

どんなことがあっても、逃げ切らなければ。

けれど、アラブ人は血眼《ちまなこ》になって追いかけてくる。

「待てって言ってるだろ」

「嫌だ、離せ！」

再びアラブ人に捕まり、柊哉は必死に足掻《あが》く。

足を払われて尻餅《しりもち》をついたところに、アラブ人がのしかかってくる。

まったく力が及ばない。

仰向《あおむ》けの状態で跨《また》がられ、身動きが取れなくなった。

「助けて――――」

もう、あらんかぎりの声で叫ぶしかない。

「うるさいガキだ」

アラブ人の手が柊哉の首にかかる。

「シュウヤ！」

殺されると思った瞬間、聞き覚えのある声が響き渡った。

首を巡らせた柊哉の目に、全速力で走ってくるリシャールの姿が映る。

でも喜べなかった。

首を摑んだアラブ人が、指に力を入れ始めたのだ。

きっと間に合わない。

リシャールが助けに来てくれたのに、このまま死んでしまうのだ。

「ぐわっ……」

急に呻《うめ》いたアラブ人の身体《からだ》が、ぐらりと揺れる。

「シュウヤから離れろ」

リシャールの怒鳴り声に続き、ガッという音が聞こえた。

「ん、ぐっ……」

跨がっていたアラブ人の身体が道に転がる。

「くそっ……」

アラブ人は腹を抱え込み、身体を二つ折りにして後じさっていく。

痛みに歪《ゆが》んだ顔は怒りに満ちている。

けれど、反撃に出てくる気配はない。

「消えろ」

リシャールが一喝すると、アラブ人は悔しそうに唾《つば》を吐き捨て、這《は》う這うの体で逃げていった。

「大丈夫か？」

アラブ人を撃退したリシャールが、すぐさま膝をついてゲホゲホと咳《せ》き込んでいた柊哉を抱き起こしてくれる。

「すみません……」

消え入りそうな声で詫《わ》び、唇を噛《か》んでうなだれた。

彼は危険を顧みず助けてくれた。

まさに間一髪で救われた。

彼が来てくれなかったら、首を絞められて殺されていたかもしれないのだ。

勇敢な彼に胸を打たれたけれど、それ以上に申し訳なさが募った。

「こんなところでなにをしているんだ？」

厳しい口調で詰め寄られ、言葉もなく身を縮める。

「怪我はないか？」

柊哉は黙ってうなずく。

「とにかくホテルに行こう」

抱き起こされた柊哉は、無言のまま彼に従う。

いまになって身体が震え始める。

どうしてあのアラブ人を信じてしまったのだろう。

いまさらながらに、愚かな自分を嘆く。

「さあ、入って」

案内されたのは、豪華なスイートルームだった。

彼はフロントに立ち寄ることなく、直接、この部屋にきた。

すでにチェックインしていたということだ。

散歩に出たはずの彼が、なぜホテルの部屋を取ったのだろうか。

「君のために取った部屋だ」

まるで思いを読み取ったかのように説明した彼が、ソファにそっと座らせてくれる。

「どうして僕のために？」

事情が飲み込めないでいる柊哉に、隣に腰掛けたリシャールがチケットらしきものを差し出してきた。

訝しげに彼を見つつ、渡されたチケットに目を落とす。

それは、オマーン発、日本行きの航空券だった。

飛行機に乗って日本に帰れということだろう。

一気に悲しみが溢れてくる。

やはり解雇されるのだ。

「もう仕事など続けたくないだろう？　あとで君の荷物をここまで運ばせる」

「嫌です」

咄嗟に口を突いて出た拒絶の言葉に、彼が眉根を寄せる。

「なぜだ？　いきなりキスをするような男のもとで、まだ働きたいというのか？」

リシャールは解せない顔をしていた。

彼に言われるまで、キスのことなどすっかり忘れていたし、とにかく仕事を続けたい気持ちが強い。

「あのときは確かにちょっとびっくりしましたけど、だからって仕事を辞めたいなんて考えもしませんでした」

言葉を切った柊哉は、一呼吸置いてから先を続ける。

「それよりも、朝食をいらないって言われて、もしかしたらクビになるかもしれないって思ったら、なんかすごくショックで……もう料理を作れないのがすごく寂しくて……」

神妙な面持ちでリシャールを見つめる。

この人のために料理がしたい。

彼を目《ま》の当たりにして、改めて強く思う。

「私のために料理がしたいというのか？」

「はい、作りたいです。これからもずっと、いろいろな料理を食べてほしいです。だから、仕事を続けさせてください」

きっぱりとした口調で言い切り、彼の答えを待つ。

しばし沈黙が流れる。

リシャールは迷っているようだ。

やっぱり仕事を続けるのは難しいのだろうか。

「シュウヤ、私は君に好意を抱いている。私は公私混同してしまうような男だ。それでも、まだ働きたいか?」

「それは……」

柊哉は困惑した。

好意を抱いていると、唐突に言われても困るだけだ。

彼の言う好意が、どれくらいのものか想像もつかない。

でも、キスされたくらいで仕事を辞めるなんてあり得なかった。

「そのことはちょっとよくわからないんですけど、本当に仕事を続けたいんです。お願いですから、これまでどおり料理を作らせてください」

柊哉が言い終えると、すぐに彼が柔らかに微笑《ほほえ》んだ。

「わかった。仕事を続けてくれるのであれば私も嬉しい。これからは自分の気持ちを抑えるよう私も注意するよ」

「ありがとうございます」

安堵の笑みを浮かべ、深々と頭を下げる。

彼は仕事を続けることを喜んでくれた。

キスをしてしまったから、しかたなく解雇しようと考えていたようだ。

解雇の理由が料理には関係ないことがわかり、心の底から安心した。

これからも、料理ができる。

リシャールに食べてもらえる。

これほどの喜びが他にあるだろうか。

「では、フライトをキャンセルして船に戻ろう」

ひとりニマニマしていた柊哉は、彼から膝を叩かれハッと我に返る。

「はい」

元気よく返事をして立ち上がった柊哉は、これまでになく晴れやかな思いでリシャールと部屋を出て行った。

第十三章

　次の寄港地に向け再び出航したヨットで、柊哉はこれまでどおりリシャールのために朝食とディナーを作っている。

「好意を抱いてるとか言ったけど、ホントなのかなぁ……」

　厨房でジャガイモの皮むきをしている柊哉は、ひとりつぶやきながら肩をすくめた。

　キスをしてくるくらいなのだから、リシャールが自分のことを恋愛の対象として見ているくらいはわかる。

　ただ、彼がこれまでどおりに接してくるから、いまだ「好意」がどれくらいの思いなのかさっぱりわからないでいた。

　あのときの彼は真剣な表情をしていたから、嘘や冗談ではないだろう。

　そう感じるから、あれ以来、彼を意識するようになってしまった。

「またニコルと話してる」

　メインダイニングからリシャールとニコルの話し声が聞こえてくる。

　ここ最近の彼は、頻繁にニコルと一緒にいるような気がしてならない。

　自分に好意を抱いていると言いながら、ニコルばかりを相手にしているから、ちょっとやきもきする。

でも、ニコルと話をしている彼とたまたま目が合ったりすると、嬉しいような恥ずかしいような気分になった。

とにかく、あの日を境に、リシャールは気になってしかたがない存在になったのだ。

「けっこう意外なものが好物なんだよなぁ……」

朝食もディナーも、リクエストに応えることが多くなっている。

今夜のメニューは、ジャガイモのグラタンとビシソワーズだ。

スープとメインが同じ食材でいいのかと思うが、好物だと言われたら気合いを入れて作るしかない。

「あっ……」

先に茹《ゆ》で始めていたジャガイモの鍋が噴きこぼれそうになり、火加減を調節しようと焦ってコンロのつまみに手を伸ばした。

「うわっ！」

不用意な動きに足を滑らせ、派手な音を立ててひっくり返る。

「いっ……た……」

転び方が悪かったのか、足首にひどい痛みを感じた。

「シュウヤ？　どうしたの？」

大きな音に異変を感じたのか、ジョルジュとニコルが厨房に駆け込んでくる。

「いたた……」

「シュウヤ」

床に尻をついたまま足首を押さえる柊哉の横に、ジョルジュがしゃがみ込んできた。

「ちょっと足を捻《ひね》っちゃったみたいで……」

「立つのは無理そうか？」

心配そうに顔を覗き込んできた彼に、こくりとうなずき返す。

痛みはどんどんひどくなっていて、これくらい平気だと強がる余裕もなかった。

「医務室に連れて行ってやるから、俺におぶされ」

「迷惑かけてごめん……」

「ニコル、コンロの火を止めて。あと、先に医務室に行って、説明しておいてくれないか」

「了解」

コンロのつまみを捻ったニコルが、急ぎ足で厨房を出て行く。

「いいか、いちにのさんで立ち上がるぞ」

ジョルジュの背に覆い被《かぶ》さった柊哉は、がっしりとした肩にしがみつく。

「いち、にの、さん」

柊哉を負ぶったまま彼が立ち上がる。

「シュウヤが軽くて助かった」

「ホント、ごめん」

ジョルジュが冗談めかして言ったのは、気を遣わせないためだろう。

申し訳なさでいっぱいになった。

「足が揺れて痛むかもしれないけど、医務室に着くまで我慢してくれよ」

「そんなに痛くないから大丈夫だよ」

これ以上、彼に迷惑をかけるわけにはいかないから、ここは強がってみせた。

とはいえ、痛みはひどくなるいっぽうで、唇を嚙みしめていないと呻いてしまいそうだ。

(ディナー、作れるかなぁ……)

痛みよりも、料理ができるかどうかがもっと気になる。

厨房で足を滑らせるだけならまだしも、転んで足を痛めるなんて、情けないことこのうえない。

さすがにリシャールも呆れるだろう。

気が重いうえに足首も痛い柊哉は、声をあげて泣きたい気分に陥っていた。

＊＊＊＊＊

「シュウヤ、なにがあったんだ？」

息せき切って医務室に駆け込んできたリシャールを、ようやく治療を終えた柊哉は驚きの顔で見上げた。

「厨房で転んだときに、ちょっと足首を捻ってしまいました」

「ひどいのか？」

彼が心配そうな顔で、包帯が巻かれた足首を凝視する。

誰かが彼に報告したのだろう。

それで、心配して医務室まで来てくれたのだ。

本当に優しい人なのだと、改めて認識する。

「先生、足首の具合は？」

「骨に異常はなさそうなので、一週間から十日もすればよくなるでしょう。まあ、そのあいだは安静にしていないといけませんが」

「軽い捻挫と思っていいのか？」

「ええ」

「ありがとう」

医師に礼を言ったリシャールが、診察用の椅子《いす》に座っている柊哉をひょいと抱き上げる。

「な、なんですか？」

いきなりお姫様抱っこをされ、おおいに慌てた。

医師も呆れたような顔をしている。

恥ずかしくて顔が赤くなった。

「歩かせるわけにはいかないから、このまま部屋まで運んでやる」

「大袈裟《おおげさ》すぎます。ひとりで部屋に戻れますよ」

「安静にしているようにとドクターに言われただろう」

聞く耳を持たないリシャールは、柊哉を抱き上げたまま医務室を出て行く。

「ひとりで歩けますから、下ろしてください」

「悪化したらどうする気だ」

いくら頼み込んでも、彼は頑として柊哉を下ろしてくれないばかりか、エレベーターに乗り込んでも抱き上げたままだった。

「ちょっとここに座っててくれ」

部屋に入って柊哉をソファに座らせた彼が、手早く外したベッドカバーを軽く畳んでフットベンチに置く。

手慣れた様子が珍しく、柊哉は思わず彼の動きを眺めてしまった。

「さあ、横になるんだ」

再び抱き上げられ、ベッドに運ばれる。

「ありがとうございます」

素直に礼を言って横になった。

ここまでしてもらったら、逆らう気など起こらない。

それに、彼の優しさが嬉しかった。

「シュウヤ……」

リシャールがベッドの端に腰掛け、包帯が巻かれた足首にそっと触れる。

「どれくらい痛むんだ？」

「痛み止めの注射を打ってもらったので、だいぶ収まっています。明日から飲む痛み止めももらっているので、すぐに仕事に復帰できると思います」

「なにを言っているんだ。完治するまで仕事は休みだ。食事は部屋に運ばせるからおとなしくしていろ」

厳しい口調で命じられ、柊哉は頬を膨らませた。

一週間以上も部屋でじっとしていられるわけがない。

それに、仕事を休んだりしたら腕が鈍《なま》ってしまいそうだ。

「料理くらいできます」

「私の言うことを聞いてくれ。君に無理をさせたくないんだ。完全に治して、また美味い料理を私に食べさせてくれればいい」

先ほどと打って変わって静かな口調で言い終えた彼が、柔らかな微笑みを浮かべて見つめてくる。

心から自分のことを心配してくれる彼の気持ちが嬉しく、じんわりと胸が熱くなった。

足の痛みを我慢しながら、美味い料理が作れるわけがない。

いい加減な料理を作りたくない。

彼には自分で納得できる料理しか食べてほしくない。

ここは素直に仕事を休んだほうがよさそうだ。

「足が治ったら、最初になにを食べたいですか？」

休養を受け入れた柊哉の問いに、彼が目を細める。

「そうだな、朝はガレット、夜は牛肉の赤ワイン煮とオニオンスープがいい」

「はい」

笑顔でうなずく。

「おとなしく休んでいるんだぞ」

ベッドから腰を上げたリシャールが、柊哉の頬にそっと触れてくる。

「早く治るよう祈っている」

身を屈《かが》めて柊哉の額《ひたい》に軽く唇を押し当てると、彼は部屋を出て静かにドアを閉めた。

「ふふ……」

なんだか妙に嬉しい。

キスをされた額から、彼の優しさが身体全体に広がっていくようだ。

それと同時に、胸がじんわりと熱くなっていく。

「なんだろう……」

初めて味わう感覚に戸惑いを覚えた。

「今日はもう会えないのかぁ……」

リシャールの笑顔を思い浮かべたら、今度は胸がドキドキし始める。

「なんか寂しい……」

朝と晩はかならず顔を合わせていたから、しばらく会えないと思ったら無性に彼が恋しく思えてきた。

「会いに来てくれるといいなぁ……」

早くリシャールのために料理をしたいという思い以上に、彼に会いたい気持ちを募らせる柊哉は、仰向けになったままぼんやりと天井を見つめていた。

第十四章

足を捻挫してから五日が過ぎた。

まだ完全に治ったとは言い難いが、自力で歩けるくらいには回復している。

「忙しいのかな？」

ついさっき見舞いに訪れたリシャールを見送ったばかりなのに、柊哉はもう寂しさを感じていた。

彼は毎日、欠かさず様子を見に来てくれるのだが、部屋にいるのはほんの数分で、けっして長居をしない。

たまたま仕事が重なっていて、短い時間しかいられない可能性もある。

毎日、顔を見られるのだから、贅沢《ぜいたく》を言ってはいけない。

そうわかっていても、もっと一緒にいたいと願ってしまうのだ。

「もう五日も料理してないんだ……」

彼のために料理ができない寂しさも加わり、気分がどんよりとしてくる。

「オニオンスープくらいなら……」

部屋でじっとしているのが辛《つら》くなった柊哉は、意を決して厨房に向かう。

オニオンスープならあまり動き回らずに調理ができるから、どうにか仕上げられそうだと踏んだのだ。

歩くたびに足首が少し痛んだけれど、我慢できないほどではなかった。

それに、リシャールのためなら、これくらいの痛みはなんともない。

彼はオニオンスープをとても飲みたがっていた。

何度もリクエストしてくれるのは、気に入ってくれているからだ。

これまで以上に美味いオニオンスープを作り、彼の部屋に届けよう。

きっと喜んでくれるはずだ。

そんなことを考えつつ、作業を進めていく。

また厨房に立つことができた嬉しさと、彼のために料理を作れる喜びを噛みしめながら、じっくりと炒めたタマネギをブイヨンで煮込んでいく。

厨房になんともいえない甘い香りが広がってきた。

「ああ、いい匂い……」

「なにをしているんだ？」

鍋を覗き込んで久しぶりの香りを堪能していた柊哉は、いきなり響いたリシャールの声にびっくりしてぱっと顔を上げる。

「あ……あの……」

機嫌の悪そうな顔を目にしたら、萎縮《いしゅく》してしまった。

「完治するまで仕事は休むようにと言ったはずだが？」

「すみません……」

「早く部屋に戻るんだ」

きつく言い放った彼が、ジョルジュの名を呼びながらスタッフ用の食堂に足を向ける。

「ジョルジュに用があったのか……」

部屋にいない自分を心配して、捜しに来てくれたのかと一瞬、喜んだ柊哉はしょんぼりと肩を落とす。

「はーぁ……」

料理を続けるわけにもいかず、火を止めて手早く片づけ、厨房をあとにする。

「あーあ、怒らせちゃった……」

言いつけを守らなかったのだから、叱《しか》られてもしかたないのだ。

「でも……」

それにしても、頭ごなしに怒鳴るなんて彼らしくない。

自分勝手なことをしたから、嫌われてしまったかもしれない。

「どうしよう……」

急に不安が押し寄せてきた。

おとなしく治るまで待てばよかった。

きちんと謝りたいけれど、早く部屋に戻らないとまた叱られてしまう。

不安に押しつぶされそうになっている柊哉は、部屋を出てきたときよりどんよりとした気分で廊下を歩いていた。

第十五章

ようやく捻挫が治った柊哉は、十日ぶりにリシャールの朝食を作っている。

もちろん、リクエストされたガレットだ。

「はぁ……」

念願の仕事再開日だというのに、柊哉は気持ちが沈んでいた。

勝手に厨房に立ったことで、リシャールから怒られたのは五日前のこと。

あの翌日から、彼は一度も見舞いに来てくれなかったのだ。

欠かさず顔を出していた彼が、あの日を境に姿を見せなくなったのは、完全に嫌われてしまったからに他ならないだろう。

もう取り返しがつかないのだ。

そう思うと、いくら後悔してもしきれない。

それでも自らを鼓舞して厨房に立ったのは、たとえ嫌われたとしても、彼に自分の料理を食べてほしいからだ。

彼のために料理ができればいい。

専属シェフとしての仕事がまっとうできればいい。

彼のそばにいられればいい。

「こんなに好きだったなんて……」

嫌われてようやく恋心に気づかせるなんて、神様は意地悪としかいいようがない。

「はーぁ」

ガレットを仕上げた柊哉は、ワゴンに載せて厨房を出る。

どんな顔をして会えばいいんだろう。

会えるのが嬉しいような、怖いような複雑な気分で彼の部屋に向かう。

「失礼します」

ノックをしてドアを開けた柊哉がワゴンを押して部屋に入ると、リシャールは電話の真っ最中だった。

ドアを閉めてその場で待っていると、電話で話をしている彼が申し訳なさそうに片手を上げた。

ラフな格好でソファに腰掛け、背もたれによりかかっている彼を見るともなく見つめる。

厳しくて優しいリシャール。

彼からはいろいろなことを学んだ。

厳しすぎて腹を立てることもあったけれど、仕事を辞めたいと思ったことは一度もない。

料理をする楽しさ、面白さ、難しさ、大変さを、彼が教えてくれた。

日々、接し、言葉を交わしていくなかで、厳しさだけでなく優しさを知り、彼のためだけに料理をしたいと思うようになった。

知らず知らずのうちにリシャールに惹かれ、ようやく好きになっていることに気づいたというのに、彼に嫌われてしまったと思うとやはり辛い。

「待たせてしまったな」

「いえ」

「しばらく様子を見に行けなくてすまなかった」

思いがけず笑顔を向けられ、ワゴンを押していた柊哉は動揺する。

会いたくてたまらなかった彼が、笑顔で迎えてくれたのが信じられない。

「このところ仕事が立て込んでいて、なかなか時間が取れなかったんだ。君の元気な姿が見られて嬉しいよ」

彼は満面の笑みを浮かべている。

優しい笑顔を目にしたら、自然と涙が溢れてきた。

「どうした?」

慌てたように立ち上がった彼が、柊哉の顔を心配そうに覗き込んでくる。

「すみません、僕……」

言葉を詰まらせると、彼がそっと抱きしめてくれた。

広い胸に抱かれ、新たな涙が流れ落ちる。

「急に会いに来てくれなくなったから、もう僕のことなんて……」

「シュウヤ？」

「もう嫌われてしまったんだと……」

鼻をぐずぐずさせる柊哉を、彼がよりきつく抱きしめてきた。

「愛しい君を嫌ったりするわけがないだろう。なぜ君は……」

不意に言葉を切った彼に、半ば強引に顔を上向かされる。

「まさか、君は私のことを？」

驚きの顔で見つめられ、柊哉はこくりと小さくうなずく。

「ああ、神よ……」

感無量の声をもらして天を仰いだリシャールに、ひしと抱きしめられる。

「君が愛しくてたまらない。君が好きだ……誰よりも君が……」

彼が急《せ》いたように唇を重ねてきた。

初めてのキスより時間をかけた濃厚なキスに、柊哉は身体から力が抜けていく。

「シュウヤ、シュウヤ」

何度も名を呼び、唇を啄《ついば》む。

嬉しそうな彼を目にして、自然と頬が緩んでくる。

リシャールが好き。

この想いを彼に伝えたい。

「シュウヤ、愛してる」

「僕も……好きです」

真っ直ぐに見つめてくる彼に、生涯初の告白をした柊哉は照れ隠しに目を逸らす。

「シュウヤ、嬉しすぎてどうにかなってしまいそうだ」

興奮気味に言った彼が、またしても唇を重ねてきた。

繰り返されるキスに、頭の中が真っ白になっていく。

リシャールに唇を貪られる柊哉は、これからも大好きな彼のために料理ができる喜びを噛みしめていた。

第十六章

厨房で料理をしていた柊哉は、いつになく気合いが入っている。

仕事に復帰して初めて作るディナーだからだ。

「いい匂いがしているな」

ふらりと厨房に姿を見せたリシャールが、いたずらっぽい笑みを浮かべて鼻をクンクンさせる。

「今夜のメニューはリクエストにお応えして、牛肉の赤ワイン煮とオニオンスープです」

「そうだった、忙しかったからすっかり忘れていた」

そう言った彼が、鍋をかき混ぜている柊哉を見つめてきた。

いつになく視線が熱いような気がする。

両想いになったから、意識しすぎているだけだろうか。

あんまり見つめられると、嬉しいよりも恥ずかしくなる。

「もう少しで完成しますので、部屋でお待ちください」

「君も一緒に食べないか？」

「はい」

突然の誘いに驚きつつも、素直に返事をした。

断る理由などひとつもない。

「では、部屋で待っている」

リシャールが厨房を出て行き、柊哉は料理の仕上げにかかる。

本当に料理は楽しい。

美味しそうに食べてくれるリシャールを見ているのが、なによりの幸せだ。

彼を満足させればさせるほど、自分は幸せになれる。

もっともっとリシャールに美味しいと言ってもらいたい柊哉は、精魂込めて料理を作っていた。

＊＊＊＊

「美味かった。牛肉の赤ワイン煮もオニオンスープも最高に美味くて言うことなしだ」

食事を終えたリシャールが、満足そうに笑う。

彼の笑顔と、空になった皿を目にして、柊哉はこのうえない喜びを覚えた。

彼に料理を褒めてもらえるのが最高の幸せだ。

満足した表情で見つめられると、もっと美味い料理を作りたいという気持ちに駆られる。

これからも、彼のために料理ができると思うと、嬉しくてたまらなかった。

料理の道に進むことを選び、挫折することなく続けてきてよかったと心から思う。

「片づけますね」

立ち上がろうとした柊哉を、隣に移動してきたリシャールが抱きしめる。

「片づけなどあとでいい」

「でも……」

汚れた皿がテーブルに置かれたままなのは、あまり気分がいいものではない。

柊哉は抱きしめる腕から逃れようとした。

「君と二人の時間をもっと楽しみたいんだ」

耳元で甘く囁《ささや》かれ、一瞬にして脱力してしまった。

なんだろう。

まるで魔法にでもかかったかのようだ。

つい先ほどまでは、彼のために料理ができる喜びを感じていた。

それなのに、抱きしめられて囁かれただけで、にわかに体温が上がったのだ。

こんなふうに身体が熱を帯びていく感覚を味わうのは生まれて初めてだった。

「おいで」

彼に抱き上げられ、キングサイズのベッドへと運ばれる。

（まさか……）

状況を察した柊哉は、羞恥《しゅうち》を覚えて顔を真っ赤にした。

けれど、すっかりその気になっているらしい彼は、そそくさとベッドに上がってくる。

「やっぱり後片づけをしたほうが……」

彼は耳も貸さず、コックコートのボタンを外し始めた。

「明日の仕込みもあるし……」

「それから？」

彼は逃れるための言い訳を楽しんでいる。

厳しくて優しいだけでなく、意地悪いところもあるようだ。

「それから……」

もう言い訳も思いつかない。

「あっ……」

下着ごとズボンを脱がされ、気がつけば生まれたままの姿になっていた。

「ひゃっ」

咄嗟に股間を手で隠す。

消え入りたいくらい恥ずかしい。

「本当に君は可愛いな」

楽しげに笑った彼が、自らシャツのボタンを外していく。

次第に露《あら》わになっていく裸の胸に、柊哉は思わず息を呑《の》む。

予期せぬセックスが、どんどん現実味を帯びていく。

さすがに早すぎるのではと思うが、拒めばきっと彼は悲しむだろう。

セックスは愛の行為。

彼を好きなのだから、早いも遅いもない。

覚悟を決めた柊哉は、目を閉じてすべてを彼に任せることにした。

「いい子だ」

「あっ……」

全裸のリシャールがのしかかってきた重みで、細い身体がベッドに深く沈み込む。

彼の身体の熱が、直に伝わってくる。

覚悟は決めたけれど、やっぱり恥ずかしい。

かといって、いまさら逃げられない。

ただギュッと目を瞑《つむ》り、為《な》すがままになる。

「実はあまり余裕がないのだ」

彼は息を触れ合わせるようにして囁き、唇を重ねてくる。

「んんっ……」

キスをしながらきつく抱きしめられ、強《こわ》ばっていた身体から力が抜けていく。

「うふ……」

舌先を深く差し入れてきた彼に舌を搦《から》め捕《と》られ、唇の端から淫《みだ》らな音がこぼれ落ちる。

なんともいやらしい音。

その音に、なぜか体温が上昇した。

「ん……んんっ」

執拗なキスに、知らず昂揚する。

気がつけば、柊哉は自然とリシャールの広い背に両腕を回していた。

「あふっ」

唇が遠ざかったけれど、ひと息つく間もない。

「愛しいシュウヤ、このときをどれほど待ち焦がれたことか……」

甘い囁きで耳をくすぐり、なだらかな胸に掌《てのひら》を乗せてきた。

彼の大きな手が、自分の胸に置かれている。

それだけで鼓動が跳ね上がった。

「小さくて可愛らしいのだな」

胸の小さな突起を指先でピンと弾《はじ》かれ、生まれて初めて味わう感覚に全身が震える。

「ん、ん……ふっ……」

信じられないことに、弄《いじ》られる乳首が甘く痺《しび》れていた。

弱い電流でも流されたかのようだった。

あまりのくすぐったさに、思わず目を開けてリシャールを見つめる。

「バルビエさん……」

「シュウヤ、そうじゃない」

突然の否定が理解できず、柊哉は眉根を寄せた。

「リーだ。私と二人だけのときはリーと呼んでくれ」

「リー……」

自分だけに与えられた特権のような気がし、素直に嬉しくなる。

彼を愛称で呼ぶ日が来るなんて、考えたこともなかった。

満足げに笑って唇を啄んだ彼が、再び乳首を弄び始める。

「やっ……」

「私の愛撫《あいぶ》に感じてくれているのだろう？　嬉しいよ」

こそばゆさに身をよじると、意地悪な彼は執拗に乳首を弄んできた。

指の腹で擦《こす》り、摘まみ上げ、存分に楽しむ。

弄られるほどに痺れが強くなり、身体の熱が勢いよく高まっていく。

次第にくすぐったさが薄れていき、蕩《とろ》けるような快感だけになっていった。

「こちらはどうだ？」

大きな掌が下腹へと滑り落ちていく。

間もなくして掌で己を包み込まれ、腰がヒクンと跳ね上がる。

羞恥を感じる暇はなかった。

甘酸っぱい感覚が弾けた己に、意識のすべてが向かう。

「あふっ……んん……」

「感度がよさそうだ」

満足げに言ったリシャールが、柊哉自身をからかうように扱《しご》いてくる。

湧き上がってきたのは、馴染《なじ》みのある疼《うず》き。

思わず腰が逃げる。

他人の手で己を扱かれて感じているなんて信じられない。

でも、触れているのが大好きなリシャールだから、気持ちよくなってしまうのだろう。

ちょっと扱かれただけなのに、瞬く間に己が頭をもたげ始める。

「ああ、濡れてきた」

彼が小さく笑う。

恥ずかしくてたまらないのに、どんどん己は力を漲《みなぎ》らせていく。

濡れた先端を指の腹で撫で回され、投げ出している足先までが震え始める。

「ひんっ……あっああっ……」

「すごい濡れようだ」

「あぁ……うぅん……」

喘《あえ》ぎ声が抑えられない。

こんな快感は、自慰で得たことがない。

強烈すぎて思わず身を捩《よじ》る。

下腹の奥が熱く疼いてしかたなかった。

「はっ……ふんっ……んん……」

股間で渦巻き始めたのはもどかしい感覚。

自然に腰が揺れ動く。

「リー……」

堪《こら》え性《しょう》のない身体が、早くも限界を訴えてくる。

あまりにも呆気《あっけ》ない。

でも、彼に笑われてもいいから吐精したかった。

「リー、お願い……」

「もう我慢できそうにないか？」

顔を覗き込んできた彼に、コクコクとうなずき返す。

すぐにでも限界を超えそうだった。

「わかった」

了承してもらえた柊哉は胸を撫で下ろす。

けれど、安堵したのも束《つか》の間《ま》、彼に抱き寄せられ、片脚をグイッと持ち上げられた。

「えっ？」

抗う間もなく、脚をリシャールの腿《もも》に乗せられる。

尻は完全に無防備の状態だ。

男同士が身体を繋げられる場所はひとつだけ。

それくらいは理解しているけれど、いざとなると怖《お》じ気《け》づいてしまう。

「おとなしくしててくれ」

優しい口調で諭すように言われ、抵抗する気が失《う》せる。

「ようやく愛する君とひとつになれる」

「ひとつに……」

ありふれた言葉にもかかわらず、胸にジーンと響いた。

大好きなリシャールと身体を繋げる。

彼を己の身体で感じる。

ひとつになるとはそういうこと。

この先、二人に訪れるのは喜びなのだ。

「続けるぞ」

サイドテーブルに手を伸ばした彼が小さな瓶を取り上げ、自分の指先に液体を垂らし始める。

「シュウヤに痛い思いをさせたくない。冷たいかもしれないが、少し我慢してくれ」

もう抗わないと決めた柊哉は、両手で彼に抱きつく。

「ひっ……」

すぐに彼の指先を秘孔に感じ、反射的に肩を窄《すぼ》める。

「シュウヤ、愛してる」

耳元で囁くと同時に、彼が濡れた指先を秘孔に挿《い》れてきた。

「くっ……」

突然の異物感に、力任せに彼にしがみつく。

ぞわぞわして気持ちが悪い。

それなのに、彼は挿入した指先で秘孔を抉《えぐ》ってきた。

痛みはないけれど、異物感と秘孔を弄られる恥ずかしさが耐えがたい。

「もう少し……」

リシャールがさらなる奥へと指を進めてくる。

意外にも、液体に濡れた指を抵抗なく飲み込んでしまう。

「んっ……」

長い指を秘孔に納めた彼が、より深い場所を探り始めた。

消えていない異物感に圧迫感が加わり、ついに音を上げる。

なんでもいいから、早く終わらせてほしい。

いまはただそれだけを望んでいる。

「やっ……も……早く……」

「そんなふうにねだられたら、私も我慢できなくなる」

リシャールが秘孔から指を抜き出し、柊哉を仰向けにひっくり返す。

彼の声には余裕が感じられなかった。

「シュウヤ、君とひとつに」

ベッドに膝立ちになって柊哉の脚を担いだ彼が、隆々とした自身の先端を秘孔にあてがうなり一気に貫いてきた。

「っ……」

あまりにも強烈すぎて、声すら出ない。

「く……ううっ」

不意に腰を押し進められ、あまりの痛さに涙が滲《にじ》む。

こんなにも強烈な痛みを感じたことがない。

吹き出してきた汗で、全身がしとどに濡れている。

「シュウヤ、我慢できるか？」

真っ直ぐに見つめてくるリシャールを、涙に滲んだ瞳で見返す。

感じているのは、身を引き裂かれるような痛み。

それでも、柊哉はこくりとうなずき返す。

先に訪れるであろう喜びを期待して。

「いい子だ」

愛しげに見つめてきた彼が、ゆっくりと腰を動かし始める。

激しく上下に身体を揺さぶられ、秘孔が猛烈に痛む。

汗と涙で、顔がぐちゃぐちゃだ。

「ううぅっ……」

快感の欠片《かけら》すらなく、呻き声しかもれてこない。

この痛みから解放されるときが来るのだろうか。

「ん……ふっ」

己を握り取られ、緩やかに扱かれ、快感がじんわりと舞い戻ってくる。

さらにはくびれをなぞられ、濡れた鈴口《すずぐち》を擦られ、あっという間に己が力を取り戻す。

自然と己に意識が向かい、後ろで感じる痛みを忘れた。

「ああっ……ひぃ……んん」

鈴口ばかりを責められ、柊哉はあられもない声をあげて身悶《みもだ》える。

いったんは消えた射精感が、再び湧き上がってきた。

熱を帯びた己が、これまでになく熱く疼いている。

「シュウヤ、あまり締め付けないでくれ」

リシャールの声は上擦《うわず》っていた。

かなり切羽詰まってきたようだ。

彼の動きが激しくなる。

「あっ……んあぁぁ」

止《や》むことのない抽挿《ちゅうそう》に、痛みと快感が炸裂した。

射精感が痛みを上回る。

吐精したくて自ら腰を前後に揺すった。

「シュウヤ……」

「い……いぃ……あああっん」

繰り返し腰を打ち付けられ、昇り詰める寸前にあった柊哉は呆気なく果てる。

「はっ……ぅ」

極まった声をもらし、リシャールの手に精を迸《ほとばし》らせた。

「あぁ……」

「くっ」

腰をグッと押しつけてきたリシャールが、大きく天を仰いで短く呻く。

彼の熱が柊哉の中で弾ける。

愛し合うもの同士がともに達した喜びを、柊哉は確かに感じた。

「リー」

「シュウヤ……」

天を仰いだまま荒い息をついていた彼が、柊哉を見て柔らかに微笑む。

彼も汗まみれになっている。

「くっ……」

そっと繋がりを解いたリシャールが、静かに身体を重ねてきた。

「シュウヤ、愛してる……」

熱に潤《うる》んだ瞳で見つめられ、このうえない幸せを覚える。

汗に濡れている顔にキスの雨を降らされ、幸せが膨らんでいく。

額、鼻先、頬、そして、最後に唇が重なる。

ひとつになった喜びの中で交わすキスは、どこまでも甘い。
身も心も蕩けてしまいそうなほど、ねっとりと甘かった。
「こうして君を抱ける日が来るとは……」
感慨深い声をもらしたリシャールが、やんわりと抱きしめてくる。
広い胸にすっぽりと収まるのはなんとも心地いい。
柊哉は疲れ切った身体を、素直に彼に委ねた。
「このまま眠れそうか？」
優しく頬を撫でてくれる彼に訊かれ、広い胸の中でうなずき返す。
大きな幸せに包まれている。
こうして抱かれて眠りにつけば、さぞかし寝覚めのいい朝を迎えられることだろう。
リシャールの胸の中で静かに目を閉じた柊哉は、瞬く間に睡魔に連れて行かれていた。

第十七章

不意に目を覚ました柊哉は、訝しげにあたりを見回す。

ベッドからの見慣れない景色に、ハッとした顔で起き上がった。

「おはよう」

リシャールの声に、ピクッと肩を震わせる。

「お……おはようございます」

掠《かす》れ気味の声で挨拶し、伏し目がちに彼を見た。

濃紺のガウンを纏っている彼は、ソファで寛いでいる。

「可愛い寝顔を堪能させてもらった」

先に起き出し、人の寝顔を眺めていたなんて、人が悪い。

彼が起きたことにすら気づかなかったのだから、きっと爆睡していたのだ。

いったいどんな顔で寝ていたのだろうか。

ひどい寝顔でないことを願うしかない。

「あの……朝食の用意をしてきます」

彼と顔を合わせているのが気まずく、部屋を出る口実にした。

「朝食の時間にはまだ早い」

あっさりと却下してきた彼がソファから腰を上げ、ベッドに歩み寄ってくる。

「朝食は抜きでもいいかもしれない」

意味ありげに言って目を細めた彼が、ベッド脇から身を乗り出して軽くキスをしてきた。

「朝陽が綺麗《きれい》だぞ」

フットベンチから取り上げたガウンを柊哉に向け放った彼は、そのままバルコニーに出て
二つ並んだデッキチェアのひとつに腰を下ろす。

自分の部屋のバルコニーから、幾度となく水平線の上に見える朝陽を眺めてきた。

彼と身も心も結ばれたいま、二人で眺める朝陽はどう瞳に映るのだろうか。

ベッドから下りてガウンを纏った柊哉は、バルコニーに出て行く。

「綺麗だろう?」

「ええ」

笑顔でうなずき、彼の隣に腰掛ける。

「シュウヤ」

彼が手を握ってきた。

躊躇《ためら》うことなく指を絡《から》め合い、黙って朝陽を眺める。

言葉はなにも必要ない。

彼の愛は指先から充分すぎるほど伝わってくる。
美しい朝陽をリシャールと見つめる柊哉は、二人で過ごす幸せを噛みしめていた。

食後の楽しみ

豪華なヨットでの旅を始めて、かれこれ二ヶ月になる。

リシャールの専属シェフとして働く柊哉《しゅうや》は、これまでになく充実した日々を送っていた。

彼のためだけに朝食とディナーのメニューを考え、料理をするのはこの上ない幸せだ。

けれど、リシャールと身も心も結ばれてからは、よりいっそう大きな幸せを感じるようになっていた。

「お仕事をしなくていいんですか？」

朝食を終えた彼に抱きしめられ、そのままベッドへと誘われた柊哉は、戸惑い気味にリシャールを見つめる。

気持ちが通じ合ってからの彼は、隙あらば手を出してくるのだ。

彼のことが好きだし、一緒にいられるのは嬉《うれ》しい。

甘いキスも、力強い抱擁も、拒むつもりなどさらさらない。

それでも、優雅な船旅をしているとはいえ、彼は航行中も仕事をしているのだから、遊んでばかりいていいのだろうかと訝《いぶか》ってしまうのだ。

「仕事ならきちんとしている。シュウヤが心配する必要はない」

あっさりと答えたリシャールに、ベッドに押し倒されて組み伏せられる。

「んっ……」

すかさず唇を塞がれ、柊哉はあっという間に脱力した。

「シュウヤ、愛してる」

甘ったるい囁《ささや》きで耳をくすぐってきた彼が、柊哉が穿《は》いているズボンのファスナーを下ろし、下着もろとも脱がし始める。

初めのころはついつい抗ってしまっていたけれど、身体《からだ》を重ねることが当たり前になってくるにつれ、自ら尻を浮かすなどして彼に協力するようになっていた。

とはいえ、下半身を露《あら》わにされる羞恥《しゅうち》からは逃れられず、そっと両手を彼の首に回す。

「リシャール……」

「いい子だ」

柔らかに笑った彼が、柊哉の唇を人差し指でなぞってくる。

「んん……」

こそばゆさに肩を震わせながら彼を見つめた。

真《ま》っ直《す》ぐに向けられる熱っぽい瞳は、自分だけが映っている。

彼は自分しか見ていない。

たったそれだけのことが嬉しくてたまらなかった。

「君は可愛すぎる」

目を細めたリシャールが唇を重ね、キスをしながら剝《む》き出しになっている柊哉自身に触れてくる。

「ふっ……」

キスを味わう間もなく下腹がキュンとし、じんわりと熱を帯びてきた。

巧みな指使いで握り取られた己を緩やかに扱《しご》かれ、重ねている唇のあいだから甘ったるい声がこぼれ落ちる。

「んふ……ぅ……ん」

巧みな愛撫《あいぶ》に抗えるわけもなく、己が頭をもたげてきた。

唇の端から溢《あふ》れた唾液が、首筋を伝い落ちていく。

「さあ、力を抜くんだ」

唇を離した彼が命じてきた。

その声すら甘く耳に響く。

短いキスで火照《ほて》った身体が、よりいっそう熱くなる。

自らの指先に唾液を纏《まと》わせる彼を見て、どうしようもなく下腹が疼《うず》いた。

「あっ……」

リシャールが柊哉の尻へと手を滑らせてくる。

唾液に濡《ぬ》れた指先が迷うことなく秘孔を捕らえた。

「リー……」

秘口にわずかな痛みが走り、背筋がしなやかに反り返る。

もう幾度となくベッドをともにしてきた。

それでも、貫かれる瞬間の痛みからは逃れられない。

柊哉は唇を嚙《か》んでその痛みを堪《こら》える。

「シュウヤ、君の可愛い声が聞きたい」

早く楽しみたいとばかりに、彼が深く収めた長い指を抜き差し始めた。

どれだけ彼が好きでも、異物感に慣れるのは難しい。

「ふぅ……」

大きく息を吐き出す。

彼とひとつになったとき訪れる悦《よろこ》びを思い描きながら、深い呼吸を繰り返す。

「あっ、ん……」

硬度を増した己を丹念に扱かれ、さらには貫いた指で奥をかき混ぜられ、思考が乱れ始める。

気持ちがいいのか、悪いのか、さっぱりわからず混乱してしまうのだ。

「はぅ」

長い指先が快感の源を捕らえ、腰が跳ね上がるほどの衝撃が駆け抜ける。

「はっ……ヤ……そこ……」

同じ場所を繰り返し刺激され、ことさら大きくあごが反り上がった。

吐精していないのに、達したときとまったく同じ感覚があり、全身が激しく震える。

味わっているのは紛れもない快感。

でも、それは苦痛を伴う。

柊哉は強烈な快感から逃れようと、苦しげに身悶《みもだ》えた。

「やっ……もっ……」

「本当に嫌なのか？」

顔を覗《のぞ》き込んできたリシャールに、コクコクと小刻みにうなずき返す。

「ここは嫌がっていないようだが？」

はち切れんばかりに硬くなっている己をしっかりと握り直した彼が、鈴口《すずぐち》に溜《た》まった蜜を
絞り出すように扱いてくる。

「ひゃぁ……」

「こんなに濡らしておきながら、嫌などとよく言えたものだ」

意地悪な声が耳を掠《かす》めていく。

「リー……」

現実を突きつけられ、恥ずかしくなって顔を背けた。

身体は正直なものだ。

彼の愛撫を悦び、彼を欲して疼いている。

「リー……」

蜜が溢れる鈴口の内側をしつこく擦《こす》られ、己の先端から走り抜けた甘酸っぱい痺《しび》れに、なにも考えられなくなった。

いまにも身体が蕩《とろ》けてしまいそうだ。

「さあ、挿《い》れるぞ」

唐突に秘孔から指を抜いた彼に、容易《たやす》くうつ伏せにさせられる。

背後で膝立ちになった彼が、指の代わりに自身の先端をあてがってきた。

「ひっ……」

間髪を入れずに灼熱《しゃくねつ》の楔《くさび》を突き立てられ、強い痛みに引き攣《つ》った声がもれ、大きく背が仰《の》け反る。

けれど、身を硬くしたのはほんの一瞬でしかない。

前に手を回してきた彼に己を手早く扱かれ、じんわりと広がってきた快感に柊哉は身体から力が抜けていく。

「はぁ……」

意図せずもれたのは甘い吐息。

貫かれて痛みを感じているはずなのに、心が満たされている。

「シュウヤの中はいつも温かい……」

吐息交じりにもらした彼が、柊哉自身を扱きながら腰を使い始めた。

身体を前後に揺さぶられるのは辛《つら》い。

熱の塊で擦られる柔襞《やわひだ》が悲鳴を上げている。

けれど、それすら次第に悦びに変わっていくのだ。

リシャールが好きだからにほかならない。

彼の脈動が己の内から確かに伝わってくる。

熱に蕩けそうな細い肢体がいつしか灼熱の楔に馴染《なじ》み、快感が前後からとめどなく湧き上がってきた。

リシャールとひとつになった身体は、昂揚していくばかりだ。

「あぁ……あっ、あっ……」

「シュウヤ、私のシュウヤ……」

彼の息が速い。

彼の声に煽《あお》られ、昂揚感がどんどん高まっていく。

大好きな彼とだから味わえる悦びに、柊哉は無心で酔いしれる。

「リー……キスして……」

汗に濡れた顔で振り返ると、身体を繋げたまま横たわった彼がすぐさま唇を重ねてきた。

「んっ……」

すかさず忍び込んできた舌先が、柔らかに口内をまさぐり始める。

悪戯《いたずら》に歯列をなぞり、口蓋《こうがい》を突《つ》いてくるばかりで、いつまでたっても互いの舌を絡《から》め合うことができない。

なんとももどかしい動きに焦《じ》れた柊哉は、自ら彼の舌を搦《から》め捕《と》ってきつく吸い上げる。

「んんっ」

お返しとばかりに、彼がことさら強く舌を吸ってきた。

執拗で熱烈なキスに、鳩尾《みぞおち》の奥が熱くなり、全身に痺れが広がっていく。

その痺れが、下腹の疼きを煽る。

己から絶え間なく湧き上がってくる快感が、よりいっそう強まってきた。

「シュウヤ、愛してる……」

繰り返されてきた愛の言葉。

けれど、それはいつも新鮮に耳に響く。

そして、聞くたびに喜びが湧き上がり、胸がいっぱいになり、リシャールが心から好きなのだと再認識する。

「僕も……あなたが……好き……」

唇を触れ合わせながら囁き、深く唇を重ねていく。

「ふっ……んん……」

彼がことさら執拗に唇を貪《むさぼ》ってくる。

時を忘れてしまいそうになるほど繰り返されるキス。

身体の熱が際限なく高まっていく。

「ともに達するぞ」

キスの合間に囁いたリシャールが、ゆっくりと腰を使い始める。

硬く張り詰めたままの柊哉自身を、同じリズムで扱く。

前後で快感が炸裂《さくれつ》した。

「あぁ……んっ、んっふ……」

甘ったるい声をひっきりなしにもらし、彼の動きに合わせて自らも腰を淫《みだ》らに揺らす。

「いいぞ、シュウヤ」

「く……ふっ、あ……うんんっ……」

「愛《いと》しいシュウヤ、可愛い声をもっと聞かせてくれ」

囁いた彼に耳たぶを甘嚙《あまが》みされ、快感が一気に増していく。

彼に対する愛情が深まっていく。

彼とともに達し、ともに悦びを味わいたいと心から思う。

「あぁ……リー……」

抱きしめたい衝動に駆られた柊哉は、両手を意味もなく彷徨《さまよ》わせる。

すると、彼が大胆にも身体を繋げたまま柊哉の片脚を持ち上げ、半ば強引に仰向けにして